小学館文庫

看取り医　独庵　漆黒坂

根津潤太郎

小学館

目次

看取《みと》り医《い》 独庵《どくあん》 漆黒坂《しっこくざか》

第一話　養生所（冬）

1

仏手柑《ぶしゆかん》の黄色い果実が何本も指のように広がり、診療所の庭の寒々しい風景に、鮮やかな色を添えている。

独庵《どくあん》は往診から帰り、木戸の前で「戻ったぞ」と声を出した。往診で疲れたのか、いつもの勢いがない。弟子で代脈の市蔵《いちぞう》が薬箱を持って続いた。

敷石をうっすらと覆い隠すように雪が積もっている。

診療所を切り盛りする住み込み女中のすずが迎えに出ていく間に、独庵は玄関まで来て、そこで足を止めた。

玄関に置いてある包みを見て、独庵は顔をしかめた。

「来たのか」

湯の入った桶《おけ》を手にして、すずは「はい」と一言返事をするが、どこか様子がぎこちない。

独庵の妻、お菊《きく》はときどき、品川の仙台《せんだい》藩下屋敷からやって来る。

花立葵《はなたちあおい》の家紋のついた風呂敷に、にぎりめしを包んだのを置いて帰ってしまうのが常だった。

独庵は鼻を鳴らした。いつものにぎりめしとは違う匂いがしたのだ。

普段なら、すずに「おまえにやる」というところだが、匂いが気になって、上がり框《かまち》に腰掛けると、風呂敷包みを引き寄せた。

風呂敷を広げると香ばしい魚の匂いが漂ってきた。いつものにぎりめしの横に焼いた鱚《きす》が添えてあったのだ。鱚はこの時期には珍しかった。

独庵は驚きを隠して、

「では、お菊は」

と言いかけた。

それを察したすずが遮るように、

「奥様は控え室でお待ちです」

と言葉を発した。

独庵は風呂敷をもどすと、

「おまえが食べておけ」

と小声で言った。

独庵は、そそくさと足を洗って、すずの差し出す手ぬぐいで足を拭いた。雪のせいで、すっかり足先まで冷えていた。

独庵は意を決したように立ち上がると、控え室まで行った。

部屋に入るなり、お菊に言った。

「どうしたんだ。今日は」

「どうしたんだ、ではありません。夫の様子を見に来るのは妻の役目でございます。ここ数日、急に冷え込み、雪もちらついております。夫のからだを心配するのはおかしゅうございますか。この時季には珍しい鱈を留守居役の上村《かみむら》様からいただき、持ってまいりました」

「そう、そうであったか。寒いところ申し訳なかった」

独庵は自分の座布団の上にゆっくり座った。

お菊は文字散模様《もじちらしもよう》の小袖を着て、いつもながら身なりはきちんとしている。なにも夫の診療所に来る時くらい、そんな杓子定規《しやくしじようぎ》に着飾ってくることもないと思うが、口が裂けてもそんなことは言えなかった。

独庵はばつが悪そうに、障子を少し開けて、庭の雪景色に目をやった。

次にお菊がなんと言うか独庵には想像できたので、あたりさわりのない話をしようと思ったが、先にお菊が口を開いた。

「そろそろ仙台に戻られてはいかがですか。仙台で医者をしてこそ、お父様のお気持ちを汲《く》むことになるのではありませんか」

やはりそう来たかと思ったが、頭ごなしに拒むと話が長くなると思い、

「近頃はそう思っている」

と心にもないことを言った。

お菊がこれ幸いと身を乗り出したとき、潜戸《くぐりど》を叩《たた》く音がした。

すずが返事をする前に、

「いま、参る」

と大声を上げた。

「すまんな、仕事のようだ」

と、一言言うと、さっと立ち上がって玄関に急いだ。

すずが気を利かせて、すぐに潜戸まで走り、来客を待合室まで案内した。いつもなら、潜戸のところで、応対をするが、お菊を早く帰すために、待合室へ直接通したのだ。

待合室に男がいた。

「まことに突然で申し訳ありません。私は小石川《こいしかわ》養生所の医者で岡崎良庵《おかざきりようあん》と申します。今日はどうしてもご相談したい患者がおりまして、やって参りました」

年の頃は三十前だろうか、身なりはしっかりしている。髪は総髪《そうはつ》にするつもりなのか伸ばし始めているようだった。

「養生所の先生がこの雪の中、わざわざお見えになるとは、ご苦労様です」

独庵は江戸で初めての病院ともいえる小石川養生所に、なみなみならぬ敬意を抱いていた。だが、養生所がなかなか大変だという噂《うわさ》もあった。患者がたくさん来て大変というわけではなく、意外に患者が集まらず、奉行所も苦労をしていると聞いていたのだ。

独庵は良庵という医者の憂鬱そうな表情を見た。

「ま、ここではなんですから、診察室のほうへ」

診察室まで先導して、良庵を招き入れた。

良庵が話を始めたところで、すっと影が廊下を動いていった。お菊が帰るのだろう。

独庵はどこか張り詰めていた気持ちが、急に吹っ切れた気分だった。

そんなことはつゆ知らず、良庵が話し出した。

「独庵先生のご高名は江戸市中でも轟《とどろ》いております。まったくあつかましい仕儀で申し訳なく思っておりますが、先生のお知恵を是非拝借いたしたく、参上いたしました」

「いやいや、そんなに買いかぶられても困ります。ただの町医者でございますから」

良庵は首を振って、

「とんでもない。ぜひお知恵を拝借したい」

「かような寒空の下、浅草諏訪町《あさくさすわちょう》までいらしたのだから、さぞかしお困りのことと察しますが」

憂鬱そうな表情だった良庵は、低い声で語り出した。

「養生所はご存じのように御公儀の肝煎《きもい》りで造られた治療所でございます。それもあって、さまざまな患者が集まり、時には診断に戸惑う患者もおります」

「そうでしょう。ご苦労お察し申します」

「患者は四十五歳の男で巳之助《みのすけ》と申します。売れっ子の戯作者《げさくしゃ》です。その巳之助が昼飯を食ったあと、急に右手と右足が動かなくなったのです」

独庵は黙って話を聞いていたが、

「それは中風《ちゆうぶう》ではないか」

と、即座に答えた。良庵はそう応えるだろうと思っていたのか、すぐに返事をした。

「巳之助は太った男で、私も中風を疑ったのですが、奇妙なことにその症状が一刻《いつとき》（二時間）すると消えてしまうのです」

独庵の顔をじっと見つめて良庵は言った。独庵はあごひげに手をやり、大きく頷《うなず》いた。

「なるほど、それは妙な症状ですな。となれば、中風と決め込むのではなく、もっと広く考えねばならない。しかし、お話だけでは判断がつかない。一度、往診で診させてもらえないだろうか」

良庵は独庵のその言葉を引き出したかったようにみえ、

「先生に診ていただければ、患者も安心するでしょうし、私たち若い医者も勉強になります」

「わかった、明日にでも往診に行こう」

独庵は良庵の顔をじっと見て言った。

「ありがたいことです。明日、養生所でお待ちしております。今日は先生にお会いできて本当によかった。なにとぞよろしくお願いいたします」

そう言うと、良庵は立ち上がり、深々と頭を下げ、診察室を出て行った。

初診の患者があると、いつも廊下で立ち聞きしているすずを呼んだ。

「お前はあの男、どう思うかな」

「若いお医者なのに、元気がありません」

「ふん、なるほど」

「できるお医者さんはもっと目が輝いているものです」

「ほう、そういうものか」

「先生はご自分の思いを私に代弁させるおつもりなんでしょう。いつものことです」

すずは独庵が何を言ってほしいのか見抜いていたようだ。

「いや、私はただ、すずの気持ちを知りたかっただけだ」

独庵は額を掻《か》きながら笑ってみせた。

2

小石川御薬園《おやくえん》には切り通しの道があり、病人坂と呼ばれていた。夜になると、このあたりは漆黒《しっこく》の闇に包まれる。土地の者が漆黒坂とも称したこの坂は、以前は鍋割《なべわり》坂といわれていたが、養生所ができてからは、病人坂といわれるようになっていた。

それほど病人がこの坂を行き来したということだろう。

病人坂を上がっていくと養生所の表門があった。昔は館林《たてばやし》藩主の下屋敷があった場所である。その一部を薬園にした。広さは四万五千坪ほどあった。

その広大な敷地の中に養生所が作られた。

独庵と弟子の市蔵は病人坂を上がって、養生所の表門に着いた。昨日の雪は解けていたが、足下はすっかりぬかるんで、何度も足を取られそうになった。

表門を潜ると、左に門番所があり、偉そうな顔をした門番が立っていた。独庵が名を告げると急に態度を変えて、頭を下げた。いつも弱者である患者相手に仕事をしていれば、態度はどうしても横柄になってしまう。それもわからないわけではないが、独庵の口からは溜息《ためいき》が出た。

「往診、ご苦労様でございます。岡崎様から伺っております。新部屋のほうへ案内いたします」

そう言うと、先導して歩き出した。さすがに広い敷地である。遠く近くにいくつかの建物があった。

養生所は五つの病棟があり、新部屋は入所してまだそれほど時の経《た》っていない患者がいる病棟であった。病棟の屋根は柿葺《こけらぶ》きで、養生所としての品位を保とうとする公儀の意欲が表れている。それゆえ養生所を管理する奉行所にも重い責任があった。

養生所付き医師は、小普請《こぶしん》医師が二人いて、隔日で出勤していた。小普請医師とは、江戸城内に詰めて城中の者を診察する表御番《おもてごばん》医師に上がっていない医師で、成績によっては表御番医師に昇進することもできた。養生所の医者になることは、出世の道と考える医者もいて、養生所の任用を希望する医者も多かった。他に見習医師も五人ほどいた。今でいう研修医である。

岡崎良庵は小普請医師の一人であり本道（内科）を専門とした。養生所の医者の選出には紀州《きしゅう》藩が関わっていた。当時、薬草行政を行っていた医師が紀州藩医から幕医になっていたので、紀州閥といえるような人脈ができあがっていたのだ。

新部屋の玄関には、良庵がすでに立っていた。独庵も図体《ずうたい》が大きかったが、良庵もそれに匹敵するほどしっかりした体つきで、玄関に仁王《におう》が立っているかのようだった。独庵の顔を見るなり、深々と頭を下げた。白い十徳《じっとく》を着て、下は括り袴《くくばかま》のようなものを穿《は》いていた。これは養生所の決まりなのだろう。

あたりには鼻をつくような独特の臭《にお》いが漂っている。掃除が行き届いているとは思えなかった。

廊下に立つと、はるか奥のほうまで病室があった。良庵は三つめの部屋の前で止まり、

「ここでございます」

と言って、独庵を振り返った。

部屋に入っていくと、数名の医者が立っていた。年齢からすれば見習医師であろう。さらに看病中間《ちゆうげん》たちも三人ほど医者の後ろにいた。看病中間とはいまでいう看護師にあたる。独庵が診療に来るというので、みな医術の腕前に興味もあったのだろうし、江戸の名医を見たいということもあったのだろう。

独庵は驚いて周囲を見回した。

「なんとも大勢であるな」

「申し訳ございません。江戸の名医と呼ばれる独庵先生が診療にいらっしゃると伝え

ておきましたら、これほど集まってしまいました。先生の名声が知られているからこそでございます」

自分の往診が大事《おおごと》になってしまったように思え、顔をこわばらせた。良庵はそれを見てか急いで、

「巳之助」

と、呼んだ。患者が八人寝ていたが、でっぷりとした男がゆっくり立ち上がった。そろりそろりと歩き出し、入り口に立っている独庵の前にやってきて、頭を下げた。

「巳之助、江戸で有数の名医独庵先生に来ていただいた。この先生に診てもらえるのは非常にありがたいことなのだぞ」

独庵は良庵の威圧的な言葉に抵抗があったが、黙って巳之助の顔を見た。あごは二重になって、蝦蟇《がま》のように膨らんだ腹をしていた。

「もったいないことです」

巳之助は突き出した腹が邪魔をして、前に頭を下げるのも大変そうだった。

「いや、そんなことを言わずともよい。今日は市中の往診のついでで参っただけだ。どれ、少し診察をしてみよう」

独庵は板張りに敷いてある布団に、巳之助を寝かせて、脈を取った。

独庵は脈の乱れを見つけるのではなく、脈の間隔を診《み》ていた。健康な人なら、脈の間隔が多少ずれてくることを独庵は経験的に知っていた。むしろ病人ほど脈は均等に打つのだ。

独庵は百数えてみたが、巳之助の脈は一度の乱れもなく、均等に打っていた。独庵はそれだけで、すでに巳之助のからだの中に何か異変が起きていると、見て取った。

良庵は不思議そうに、ただじっと脈を診る独庵を見つめていた。

「なにか。脈に乱れはないと思いますが」

良庵は自分の見立てに自信があるのか、じれたように訊《き》いた。独庵を取り囲む者たちから緊張した息づかいも聞こえてくる。

独庵は良庵の言葉に返事はせず、巳之助の腹を触り、脚にも手をやって、ひざを立てさせ、そのままじっと眺めていた。

独庵はひとこと「うむ」となると、何か納得したように見えた。

「先生、いかがでございましょうか」

良庵は診断が気になってしかたがないといった様子で尋ねた。独庵が診断を迷っているように見えたか、後ろで見ている看病中間が、あざけるような笑いを表情に浮かべている。

「まったく今は異常がないな」

独庵はぽつりと言った。

「そうなのでございます。平時はまるで普通なのですが、発作が起きると実に奇妙なことに右の手足が動かなくなるのです」

「それは突然起きるのか」

独庵が訊いた。

「突然といえば突然なのですが、どうも飯を食ったあとが多いようです」

巳之助の酒樽《さかだる》のような腹に顔をしかめた良庵が応えた。

「それが一時《いっとき》で治ってしまうのだな」

「そうなのです。そこがわからないのです」

良庵の困ったような顔を見て、さきほどの看病中間が、口元をゆがめた。

「どうにも中風では得心がいきません。中風の麻痺《まひ》がすぐに治るなどということはあり得ないので、別の病気を考えてみるのですが、私には皆目わかりません。独庵先生はどうお考えでございましょうか」

小普請医師というのは武士や町人の病を治療している。その中で傑出した医学の技術を見せることができれば、表御番医師となって城内で医者として働くことができるようになるのだ。

だから良庵のような医者は、とにかく目立った結果を出す必要があった。独庵は良庵の立場を十分わかっていたし、自分が仙台藩にいたときには、多くの仲間の医者たちが、同じような立ち居振る舞いをしていた。

困惑しているように見えていた独庵があごをなで、指が宙を舞い始めた。自分の思考を絵にしようとしている仕草だった。すずがいれば、何かに気がついた証《あかし》だとすぐに見抜いただろう。もちろん同行していた市蔵には、お見通しだ。

だが、良庵には独庵の姿は、考えがまとまらず困っているようにしか見えなかったはずだ。

「中風以外はどうにも診断がつかないな」

独庵は巳之助の脈のことには触れずに、ぼそっと言った。

独庵と市蔵を取り囲んでいた者たちからも、落胆の溜息が伝わってきた。

「独庵先生でも、すぐには見立てがつきませんか。わざわざご足労いただきまことに申し訳ありませんでした」

「診断にはもう少し時をいただくとしようか。市蔵、戻るぞ」

そう言って独庵は立ち上がった。起き上がった巳之助が、その場に膝を折って、

「気にかけていただき、ありがとうございます」

床にこすりつけるように頭を下げた。

独庵は病室を見回した。病人たちは何かを口にするのも大儀そうに見える。病人たちの目が独庵に何かを訴えるように鈍い光を発している。それを遮るかのように例の看病中間が、

「大丈夫か。ささ、もう横になりな」

と声をかけていく。

独庵と市蔵が廊下に出た。あちこちにゴミや布の切れ端のようなものまで落ちていて、二人は思わず顔をしかめた。

独庵が廊下を歩いていくと、診察を見にきていた看病中間たちも後ろからついてきた。その中から、

「まったく、独庵もたいしたことたあねえな。江戸の名医がお笑いぐさだぜ」

これみよがしに言い放つ声がした。

「あれが名医なら、おれは将軍様の御典医だ」

別の男の声もした。看病中間の中で押し殺した笑いが起きた。

独庵は振り向くことはせずに、廊下を歩き続けた。

独庵は浅草諏訪町の診療所に戻ると、すぐに久米吉《くめきち》を呼んだ。久米吉は絵師で錦絵を描いているが、独庵の手足となってあれこれ情報を集めてくるのが役目だ。素早い身のこなしで、ただ絵が達者だけの男ではない。

「いま小石川養生所に、なんの病気かわからない患者がいるといわれ、往診してきた。それを頼んできた良庵という医者は、何か別の目的があるように思えてならない。久米吉、養生所に病と称して入り、内部を調べて欲しいのだ」

「養生所で何か不審な点でもあるのでしょうか」

久米吉の目が糸のように細くなった。

「養生所がまるでごみ溜《ため》だ。それに看病中間の荒《すさ》んだ振る舞いがどうも引っかかる。何かある、私の勘だがな」

「先生がそう感じるのであれば、きっと何かあるはずです」

「養生所にはここ数年よからぬ噂があると北町奉行の黒川《くろかわ》様から、伺ったことがある。御公儀の命で造ったにもかかわらず、近頃はどうもうまくいかぬらしい」

「そんなありさまとは知りませんでした。貧しい者にとっては、養生所はありがたいところなんですが」

独庵は頷きながら答える。

「もちろんそのとおりだ。だから久米吉に内情を調べて欲しいのだ」

「わかりました」

久米吉は大きくうなずいた。

「とはいっても、すぐに養生所に入れるわけではない。明日、与力の北澤《きたざわ》様に会って話を通してくるので、数日待っていてくれ」

「へい。承知しやした」

久米吉は独庵が奉行所へ行くと聞いて、なぜか不安と期待のまじり合った不思議な思いを抱いた。

3

翌日、独庵は北町奉行所を訪ねた。

雪がちらついていたが、積もるほどではなかった。

袷《あわせ》羽織を着込んだ独庵は、常盤橋《ときわばし》まで歩き、門番に与力の北澤幹次郎《みきじろう》さまに用事があると申し入れた。

北澤は所用に出ていて、しばらくしないと戻らないという。

「中で待たせてもらいたい」

と言うと、門番は玄関脇にある部屋に通してくれた。しばらく座っていると、

「独庵先生、どうなさった」

地声の大きい北澤が入ってきた。威勢のいい声の割には、不安げな顔だった。北澤は独庵がまた面倒なことを持ちかけてくるのではないかと思ったのだろう。次第に声が小さくなる。

「まま、ここではなんですから、部屋のほうへ」

北澤は奉行所の御用部屋に行き、独庵と対座した。

「まことにお久しぶりでございます」

独庵はもう一度頭を下げながら、北澤の様子を窺《うかが》うような目をした。

「何か急用でござるか」

北澤のいかにも警戒した顔が、おかしかった。

「実は久米吉を養生所へ入所させたい」

独庵は単刀直入に言った。突然の話で、北澤は意味がわからないようだった。

「久米吉が何か病気なのか。独庵殿が治せないなら、養生所へ入ってもむだではない

か」

「いや、久米吉は病ではない」

「また、妙なことを言うではないか。独庵殿、病でないのになぜ養生所に入らねばならないのだ」

眉間にしわを寄せながら、北澤は独庵が何か企《たくら》んでいるなという顔付きをしてみせた。

「一昨日、養生所の良庵という医者に、ある患者を診てほしいといわれ、往診で診たのです。しかし、どうも診断がはっきりつかない。ご存じのように、このところ養生所の内情がいろいろと取り沙汰されております。私が養生所に入った時、ただならぬ気配を感じたのです。どうも気になる、ということで、久米吉を入所させて、内情を調べてみたくなったのです。そこで、北澤様に入所の必要があるとひとことお口添えを願いたいのです」

北澤は突拍子もない独庵の話に困惑しきりで、

「なんと、久米吉を偽の病で入所させて欲しいというのか」

大きな声を出した。独庵の真意がいまひとつわからない。

「そんなに難しい話ではないと思うが」

「馬鹿を言うな。御公儀肝煎りの養生所を騙《だま》すような真似《まね》などできるわけがない」

北澤は独庵の言葉を突っぱねた。

「北澤殿、まあ、表向きの話はおっしゃるとおりだ。だが、世の中は相身互い、それではうまくいかんのではないか」

独庵は表には裏があると、北澤を追い詰めるような言い方をする。

「奉行所が嘘《うそ》の依頼文など書けばえらいことになる。さすがに独庵殿、今回は難しいぞ」

北澤は懸命に拒否をするが、それは十分計算済みである。

「北澤殿、それではあの話、御奉行に報告ということでいいわけですな」

北澤はまたかという顔をするが、どうすることもできない。

「また、それか」

「いやいや、またもなにも、事実を御報告するだけのこと。それは医者の務めかと」

北澤は何度も顎に手をやりながら、

「ああ、わかった、わかった。久米吉の件、了解した」

北澤はまたかという顔だが、独庵はまったく意に介さない。北澤が誤って町人を斬ってしまったとき、独庵が病死と診断して北澤をかばったことがあった。それを御公儀には黙っているからと、独庵は何かにつけて恩を売るのだった。

北澤は面倒くさそうに、

「それでは明日、書状を取りに来てくれ」

そう言って立ち上がろうとする。

独庵は間髪《かんはつ》を容《い》れず、

「おう、そうそう。この書状を置いていかねば。久米吉の病は養生所で詳しく調べないと治療がうまくいかないと書いてありますので、ここにご署名をいただければ済むことでございます」

「なんだ。もう端《はな》からその気で来ていたのではないか」

「いえいえ、滅相《めっそう》もございません。いざという時のために用意してきただけのことでございます」

北澤は苦虫をかみつぶしたような顔をすると、さっそく小者《こもの》に、筆と墨を持ってこさせて、独庵が持ってきた書状に名を書いた。

「まことにありがたい依頼状、感謝いたします」

独庵は深々と頭を下げて、部屋を出ていく。北澤はまたやられたという顔で、悔しそうに独庵の大きな背中を眺めていた。

4

久米吉は北澤が署名した書状を持って小石川養生所にやってきた。

門番所で書状を見せると、養生所の建物の玄関まで通された。

「ここで待つように」

門番所の役人はそれだけ言うと、出ていった。久米吉は玄関から廊下を通して中をのぞき込んでみるが、人けはなかった。

建物は立派だが、病人がいる割には人の出入りがない。

しばらくして、廊下に面した一室の引き戸が開いて、

「久米吉さん、ささ、診察室へ。わしは看病中間の松次郎《まつじろう》です」

細面に髭面《ひげづら》、ずいぶん着古した白い十徳を着ている。

久米吉は診察室に上がって、板の間に座った。松次郎はじっと久米吉の顔を眺めている。久米吉はじれて、

「あの、何か入所にいるものでも」

訊いてみる。

かった。

「干物《ひもの》はお持ちか」

松次郎は当然のような言い方をした。久米吉はその言葉の意味がまったくわからな
「はて、干物とは」

松次郎は困ったような顔をしたが、しょうがないといわんばかりに口を開いた。

「昔は入所の時に、魚の干物百枚を持参することが決まりだったが、ここのところ四百文を持ってくることになっているのだ」

「そんなことは聞いていませんでした。たしかそういった金のやりとりをしないように奉行所からも御触《おふれ》が出ていたのではありませんか」

久米吉は無駄だとはわかっていたが、拒んでみた。

「そういった表向きの決まりは、お上が勝手になさったこと。患者を世話する大変さを知らないからそう言うのであろう。ここでの決まりは四百文を出してもらうしかない」

「払わなければどうなるんで」

「診察の医者は見習医師になり、部屋も北部屋の日の差さないようなところになるだろうな」

「なるほど、入所後の格が決まるというのですね」

久米吉はそこまでわかれば、ここは従っておくしかないと思い、懐から四百文を取り出して差し出した。

松次郎は躊躇《ちゆうちょ》なく、その金を自分の懐に入れた。

「ここでは、ここの決まりがいろいろあるからな。従っておいたほうがいい。さすれば部屋もよくなり、いい医者に診てもらえるのだ。いま先生を呼んでくる」

松次郎は立ち上がって、次の間へ行った。

診察室には掲示があり、医者の名前を見ると日によって診療の医者は替わっているようだった。

独庵が言っていた良庵の名はないので、外来の診察をしている医者と、病室を診ている医者とは違うのかもしれない。

次の間から医者らしき男が現れた。まだ若い医者だ。二十五歳にはなっていないだろう。こんな若い医者が診療に当たっていると知って、久米吉は驚いた。

すーっと入ってきた若い医者は、

「私は水城《みずき》忠茂《ただしげ》と申す医者でございます。これから診療をして、病室のほうへ行ってもらいます」

そう言うなり、久米吉の脈を取った。

「この書状によると、腹の痛みがずっと続くとのことだが」

「へい、ここひと月くらい腹が痛く、とくに下腹がひどくて」

久米吉は独庵に詐病のことで、症状をこう言えと教えられていたので、その通りに言ってみた。

「なるほど、では少し腹を診てみよう」

そう言うと、久米吉を寝かして、着物をはだけると、腹を診察し始めた。

「ほう、下腹には触れるものがあるな」

忠茂は久米吉の下腹を探るように触れて、大きくうなずきながら、一人で納得している。

詐病でありながら、何か触れると言われると、さすがに久米吉も心配になってきた。しかし、何か医者らしいことを言わないと立場がないと思ったに相違ない。

「薬を出すから、しばらく飲んでみるように」

忠茂はそう言って、薬棚から薬を取り出して、小分けにした。養生所内での薬礼《やくれい》は診察した医者が払うことになっていて、患者が薬代を出すことはなかった。

「ありがとうございます」

久米吉は頭を下げた。忠茂はそのまま出て行ってしまうと、すぐにまた看病中間の松次郎がやってきて、

「久米吉さん、病室へ案内する」

そう言って、久米吉を手招きした。

広い廊下を歩き、病室まで行った。そこには他に五人ほどの患者が寝ていた。

意外に元気そうな者もいて、久米吉は不思議に思った。養生所は金がなく医療が十分に受けられない人が、入所の対象となっている。だから養生所にいれば飯の心配はいらなくなるので、病気が治っていても長くいようとする者もいるのかもしれない。

あるいは久米吉の部屋は、軽症の患者の部屋だからかもしれなかった。

松次郎に部屋の出入口に近いところに寝るように言われた。薄っぺらい布団の上に座ろうとすると、古株の入所者である役掛《やくがか》りがやってきた。

「久米吉さん、ここでは入所した者に、菓子、お茶、香の物などを買ってもらうことになっているんですよ」

時候の挨拶のように言った。

「病を治すために入所したんですから、そういったものはいらないが……」

久米吉は相手の意図はわかっていたが、まずは突っぱねてみた。

「久米吉さん、そういった態度はよろしくない。あとでなにかとひどい目をみることになりますよ」

「どういうことだね」

久米吉は探りを入れた。

「五日前だったが、ここに寝ていた岩三郎《いわさぶろう》は、菓子を買うのをけちったので、それが看病中間に知れて、北部屋へ移されましてな。そうだろう、庄八《しょうはち》」

役掛りの男が、隣に寝ていた男に大声で言った。

「ああ、岩三郎はあの寒い北部屋へ行き、昨日、死んだらしい」

寝ていた庄八は上を向いたまままそう言い放って布団をかぶった。

「北部屋には火鉢がないからな。この部屋のように暖はとれないぞ、久米吉さん」

役掛りの男は、どうしても久米吉から金を巻き上げるつもりのようだ。

「さて、菓子を買ってもらおうかな」

部屋を移されて死んだという患者の話をして、役係りは久米吉に菓子を買わせようとしている。菓子代などたいした金にはならないはずだ。それでも患者は百人以上いて、僅かずつでも小銭を稼げば、それなりの金になるのかもしれない。

久米吉はここでもめてもまずいと思い、

「わかりやした。決まりではしかたがないな、こんなもんでいいか」

五十文を役掛りに渡すと、わかったかというような顔をして出て行った。

しばらく部屋には沈黙があった。隣で布団をかぶっていた庄八が、突然、久米吉に話しかけてきた。

「久米吉さんよ。またお茶と香の物で金を取られるよ」

「そんな決まりがあるのか」

「表向きは金がない貧しい者がくるところのはずだが、ここは金がなければいられないんだ。金が出せずにしぶしぶ出所していった者を何人も見てきた。奴らに逆らうと医者も診察に来なくなるし、来ても見習医師で、わけのわからん奴らばかりだ」

「そうなのか」

久米吉は呆《あき》れるばかりだ。

「北部屋がなんで寒いかわかるかい、久米吉さん」

庄八が薄笑いを浮かべている。

「日当たりが悪いのか」

「看病中間の連中が、火鉢用の炭を自分のものにして売っ払っちまうから、くべる炭がないんだよ」

「ひでえ話じゃないかい」

「炭くらいたいした話じゃない。奴《やつ》らは女部屋の患者に手を出してるっていうからな。どうにもならねえな」

「医者たちは何も言わないのか」

「まあ、傍目《はため》にはわかるめえな。ここで一番偉いのは医者でもお役人衆でもねえ。看病中間が一番偉いんだ。だいたい医者なんかたまにしか来ねえし、役人もしょっちゅう遅刻早退《はやび》けというからな」

「そんなことになっているのか」

　久米吉は予期せぬ養生所の実態に呆れ、腹が立ってしかたがなかった。病を治すはずのところが、小銭稼ぎの連中によって、むごい仕打ちがまかり通ってしまうとは、なんともひどい話だった。

「奴らは、残飯ですら、養生所周辺にいる貧しい奴らに売りつけているんだ。鬼でもそんなこたあしねえ」

　吐き出すような言い方を庄八はした。

「奉行所が知らぬはずはないだろうに」

「奉行所か。何度も御触を出しているが、一向によくならない。ここをよくしようなど本当に思っている奴など一人もいねえ。どうせ気弱になっている病人の集まりだから、文句ひとつ言えない。だから、養生所にいる患者は看病中間のいいなりになっている。それに、金があっても家に帰りたくないとか、まあ、みんなそれなりにわけがあるんだ」

「ここにいるのは、病人とは限らないのか」

「そりゃそういう奴もいるだろう、まあ半々といったところかな」

久米吉はもっと内情を探らねばと思い始めていた。


久米吉は数日、いろいろな患者から話を聞き出していた。

そろそろ一度、養生所から外出し、独庵に報告を入れねばならない。

午後になり、部屋にやってきた役掛りに、

「明日、外出をお願いしたいのだが」

というと、丸顔で小太りの伊助《いすけ》という役掛りは、

「それでは土産銭として二百文ほどもらい受けよう」

表情も変えずに言った。

「土産銭とは、いったい何のことだ」

久米吉は探りを入れるように訊いた。

「まあ、新入りならわからなくてもしょうがないか。ここでは外出する時は土産銭といって、周りにいくらかの金を置いていくのが習慣だ。二百文といっても、おれが全部取るわけじゃない。中間や部屋の他の者にも分けるのさ」

「なるほど、迷惑料みたいなものか」

「ここでの習わしだ」

伊助は悪びれる様子もない。

「わかった、二百文だな」

「なかなか飲み込みが早いな」

伊助は久米吉から金を奪うように取って、さっさと出て行った。

隣で寝たふりをしていた庄八が吐き捨てるように言う。

「まったく金のかかるところだろう、な」

「ほんとだな」

「貧乏人はいられないのだ」

庄八はつぶやくように言った。

「出て行きたくなるな。これじゃ」

久米吉は相槌《あいづち》を打った。

「まあ、遊んでくればいい」

庄八はそういってまた布団をかぶった。

5

早朝、久米吉は養生所の横の病人坂を下って、浅草諏訪町の独庵の診療所へ急いだ。

雪がちらつくが、歩くに苦労はいらなかった。入所のとき半合羽《はんがっぱ》を忘れたので、さすがに寒さが堪える。

雷門《かみなりもん》を右に曲がってゆるやかな下り坂の道を降りていくと、駒形町《こまがたちょう》の三叉路《さんさろ》になった。大川から一本入った道をさらに行くと大きな諏訪《すわ》神社があり、それを通り過ぎると独庵の診療所がある。

潜戸を叩くと、すずが顔を出した。

久米吉の叩き方を覚えていて、潜戸を開ける前に、すずはだれだかわかっていたようだ。

「久米吉さん、大丈夫ですか」

すずが心配そうに言った。

「そんな言い方をするな。病人じゃないんだから」

「だって、急に養生所なんかに行くから、驚いてしまって。あとから独庵先生にわけを聞いて安心したけど」

久米吉は先を歩き、玄関で上がり框に上がると、独庵のいる控え室へ向かう。

「まだ、寝てますよ」

後ろからすずが言った。

部屋の前に狸《たぬき》のような顔をした独庵の愛犬あかが寝ていて、久米吉を見ると尻尾を振っていたが、起き上がると部屋の中に入るなというように障子戸の前に座りかけた。

「あか、急ぎなのだ」

久米吉はあかの頭をなでて、

「先生」

と、言いながら障子を開けた。

そこにはかい巻きがあっただけで、独庵はいない。

「とぉー」

突然、中庭で声がした。

驚いて久米吉が、中庭を見ると、上半身をはだけた独庵が木刀を振り下ろしていた。

「こんなに早くから、稽古ですか」

久米吉が話しかけると、

「そうではない。そろそろお前が戻ってきて、養生所の大変な出来事を語るだろうと思っていたのだ」

「どういうことでしょうか。そんな予感がしたということですか」

「私もいろいろ奉行所から、相談を受けていてな、養生所にいくら御触を出してもなかなか事態が改善しないと知ったのだ。だから、久米吉が実は先生、と言って私のところに、来る頃だろうと思っていた」

「さすがでございます」

「よし、話を聞こう」

独庵は十徳に袖を通すと、廊下に上がり、控え室に入った。火鉢があるが、からだがほてっているのか、あまり近寄ろうとしなかった。

久米吉は独庵が座るのを待って、腰を下ろす。

「まったくとんでもない伏魔殿でございます」

久米吉の言葉に、独庵も思わず、引き込まれる。

「それほどひどいところなのか」

「診察する医者もどこかやる気がありませんし、何より看病中間が何かと仕切っておりまして、金を要求します。入所時に金をせびり、また菓子や香の物を買えと言ってきます。それを拒めば、寒い部屋に移され、そのせいで死んだ者もいるようです。魑《ち》魅魍魎《みもうりよう》とでもいいましょうか、まさにそんなところでございます」

独庵は黙って聞いていたが、納得しているようにも見える。

「まさにお奉行から聞いた通りだな」

「まだまだいろいろありそうです。さらに探りを入れます」

「それはいいが、あまり目立って動くと中間たちも警戒してくるだろうし、あれこれあるかもしれないな」

「わかっております」

久米吉が胸を張った。一本気の久米吉にとっては、今回のような仕事はいっそうやる気が出るのだろう。

「巳之助ですが、顔を見に行くたびに、いつもやたらと水を飲んでいるのが気になります。あんなにがぶ飲みすることは普通ないので、なにか病と関わりがあるように思いますが」

「そうか、水をがぶ飲みか、いまいろいろ文献を見ている。だいぶわかってきた。近々往診に行く」

「わかりました」

「気をつけるのだぞ」

いつになく慎重な独庵が、久米吉には不思議だったが、味方のいない敵だらけのところに飛び込むことを心配してのことだろうと受け流した。

「へい」

力強く返事をすると、久米吉は養生所へ戻って行った。


独庵は久米吉が養生所へ戻ったあと、調べものを始めた。

巳之助の病状がまだ理解できないでいた。

消渇《しょうかつ》という病（現代の糖尿病）は、播磨《はりま》国姫路《ひめじ》の出身の香川修徳《かがわしゅうとく》の『一本堂行余医言《いっぽんどうこうよいげん》』全三十巻を読んでいくと、胃が乾燥するためにいくら水を飲んでも渇きが止まらず、いくら食べても飢餓が続き、食べた食物は身体《からだ》の栄養にならないで、小便は白っぽく甘味がするとあった。

巳之助がやたらに水を飲むのは、でっぷりしたからだからしても、消渇の影響だろうと思っていた。しかし、手足が動かなくなってしまうのは、説明がつかなかった。

医学はわからないことだらけだ。医者というのは、判断に都合の悪い症状を無視してしまいがちである。それでは医者としての務めが全うできなくなってしまう。

独庵は常に自分の疑問への答えを妥協せず求めていた。わからないことを追究する心を忘れたら医者の資格がなくなると信じていた。

胸のつかえのような疑問が解決しない限り、独庵は考え続けるのだった。

6

往診のために、養生所へ向かう途中、独庵はずっと考えていた。

良庵は巳之助が消渇であることはわかっているはずだ。しかし、あの手足の麻痺とどう関係があるのか、その答えを独庵がどんなふうに出すかを、試しているのだろうと思っていた。

ひとつあるとすれば、巳之助が詐病で、良庵に頼まれて演技をしているのかもしれない。

門番所で名を名乗ると、番人も独庵の顔を覚えていたのか、すぐに中に入れてくれた。独庵は診察室へ向かった。診察室には数名の患者が待っていた。

独庵は診察室の隣にある部屋に入って、良庵を待った。

しばらくすると良庵がやってきた。

「往診、ご苦労様です」

「患者を診ないことには、なかなか診断がつかん」

「独庵先生でもそんなことがあるのですか」

「もちろんだ」

確かめるような良庵の言い方が、気になるといえば、気になる。

良庵について、巳之助の病室へ行くと、独庵は診察を始めた。

まず巳之助の脚を診た。この間より、脚がかなりむくんでいた。からだもさらにでっぷりしてきたようだ。

「先生、湯に入っても脚が温かくないのです」

巳之助がぼそぼそと言った。

「そうか、それは消渇のためだろう」

独庵は文献を思い出している。

「そんなことがあるのですか」

良庵は感心している。

「消渇という病は、からだのいろいろなところに症状が出るのだ」

独庵が説明をしている途中で、巳之助の右手足がだらんとなって動かなくなった。言葉もはっきりしない。

「巳之助どうした」

独庵が巳之助の肩を揺さぶり、声をかけたが、返事はない。しかし、目はしっかり開いている。

看病中間が寄ってきて、意味あり気に笑いかけると、

「先生、こんなときは食わせれば、治っちまうんだよ」

独庵が馬鹿なことを言うものだと見ていると、看病中間が巳之助の口をむりやり開けて、飯を食わせ始めた。

「なんと乱暴なことを」

独庵が呆れていると、

「江戸の大先生も知らねえ治し方っていうもんがあるんだ。巳之助は食いまくっていないと病になっちまう」

巳之助は少し正気に戻ってきたのか、左手で飯を器用に食べはじめた。

不思議なことにしばらくして、右手が動き出した。

独庵は言葉が出なかった。その様子を見て、その看病中間は、どこか勝ち誇ったように頷いている。

「先生よう、おれたちだって役立つことがあるんだぜ」

独庵は看病中間の額のあたりを見ていて、はっと思い出した。

「お前は平吉《へいきち》ではないか」

「独庵先生、ようやく気がついたようで」

独庵が浅草諏訪町で開業をした当初に、見習いとして雇った男だった。髪が伸び、髭を蓄えていたのでまったく気がつかなかった。以前は痩せこけていたのに、顔は丸くなり、別人に見える。しかし、仕草や言葉の使い方は変わらないもので、さらに額のところの傷を見て、平吉だとわかったのだ。

最初に往診に来たとき、廊下で独庵の悪口を言っていた声が、どこかで聞いたことがあると思ったが、あれが平吉だったのだ。

「先生には、いろいろ世話になったので、是非ともお礼がしたくて」

皮肉っぽく言った。

「お礼とはなんのことだ」

平吉が独庵のところで、中途半端な手当てをして、患者が何人か死にそうになった。言われたことができない男で、いつも独庵に反抗的だった。さすがに独庵もがまんならなくなって、雇って半月もしないうちに、平吉をくびにした。

「おれを中途半端な男と思っているんだろうが、ここじゃあ立派に看病中間として仕事ができている。独庵先生の目も節穴だったということか」

眉間にしわをよせた独庵を見ながら、平吉はにやりとした。

無礼な話にさすがの独庵も、黙ってはいられなくなっていたが、ここで喧嘩《けんか》をしても、かえって平吉の望むところではないかと思って、こらえようとした。それでも、思わず、

「なんだと」

一言もれた。

「へへ、独庵先生が治せねえ病を看病中間が治しちまっちゃ、申し訳ねえってもんだ」

「平吉、言葉を慎め」

これ以上、平吉を調子にのらせてはまずいと思った良庵がたしなめようとする。

「飯を食うと巳之助の手足が動き出すとは、天下の独庵先生も、気がつくめえ」

平吉は、独庵が困惑している顔を見てうれしそうだ。

「病の症状には、必ず理屈はあるはずだ」

独庵はそう言ったが、それ以上、考えが巡らなかった。

「早く、理屈を聞きてえもんだ」

いつのまにか平吉を取り囲むように集まっていた看病中間たちを見回すと、勝ち誇ったように言った。

独庵は無言のまま立ち上がり、部屋を出た。


病室の廊下に出ると、独庵は久米吉を探した。久米吉が調べのために入所していることを、中間たちに知られると面倒なことになる。良庵も久米吉が独庵の配下とはわかっていないはずだ。

ふたりで話しているのを見られるのも、まずいことはわかっていた。

独庵が廊下を歩いていくと、男が走ってきて、頭を下げた。

「独庵先生ではございませぬか。私も診てもらえないでしょうか」

久米吉だった。独庵は一瞬とまどったが、久米吉の意図を汲んだ。後ろにいた良庵が間に入ってきて、

「独庵先生は、おまえのような患者を診るために往診に来てくださったのではない」

遮ろうとする。独庵は、

「まあ、よいではないか。一度診てみよう」

「それではあまりにも……」

良庵は断ろうとするが、

「よいよい、診察室へ参ろう」

独庵は廊下を進むと診察室へ行き、良庵を外で待たせ、久米吉を中に入れた。

診察室に入るなり、久米吉がささやくように言った。

「驚かせて申し訳ございません。ぜひともお伝えしたいことがありまして」

「よほどのことだな」

独庵は久米吉を見た。

「養生所はほんとにひどいことになっております。夜は看病中間どもが博打《ばくち》をやっています。まあ、それはいいのですが、患者に金を高利で貸して、博打をやらせているのです」

「なんということを、奉行所もそこまでは知るまい」

独庵はあごひげをなでた。

「巳之助のことも調べてみたのですが、どうも中間どもに利用されているようです」

「どういうことだ」

「中間どもは巳之助がやたらに飯を食うので、決まりの量の飯だけでなく、金を取って好きなだけ飯を食わせているのです」

「中間どもは金になるなら、なんでもやるのだな」

「そうです。奴らは、とにかく養生所で金になることは、患者だろうと出入りの業者だろうと相手かまわず喰《く》らいついているのです。看病中間ごとにそれぞれ菓子、香の物など、専用の得意があり、私腹を肥やしています」

「不埒《ふらち》な真似をしおって。これはなんとかしないといけないな。江戸庶民の期待を担ってできた養生所が、ただの金儲《かねもう》けの道具になっているではないか」

独庵にふつふつと怒りがこみ上げてきた。

「まったく手に負えないところです」

久米吉が言う。

「久米吉、平吉を覚えているか」

しばらく久米吉が考え、

「診療所ができたばかりのときにいた見習いですね」

思い出したようだった。

「平吉が看病中間で、ここにいるのだ」

「気がつきませんでした」

「容貌がすっかり変わっているから無理もない。平吉と良庵は何か関わりがありそうだ」

「わかりました。そのあたりも調べてみます」

「それから、久米吉、巳之助が飲んでいる薬を調べておいてくれないか。巳之助の症状に関わるものかもしれん」

「わかりました」

「悪いがもう少し、ここで調べを続けてくれ」

「もちろんでございます」

小声で話をしていた独庵が、

「よし、心配はいらぬぞ、薬を出しておくからな」

大声で言った。

久米吉はにやりとして、診察室を出て行った。

7

お菊が独庵の診療所に現れた。

すずは突然の訪れに戸惑っていた。

「奥様、独庵先生は往診中です」

滝縞《たきじま》の小袖に黒い羽織を着たお菊は、

「かまいません。これを差し上げてください」

お菊はいつもの包みを差し出した。

「わかりました。先生にお渡ししておきます」

と、すずが包みを受け取ると、あかがすっと走ってきて、包みをくわえると、木戸のほうへ走り去った。

「あっ、あか、こら」

すずは大声を出した。お菊は瞬時に、診療所に置かれた火鉢の火箸を引き抜くと、あかを追った。

すずも慌てて、お菊を追いかける。

お菊は潜戸から、外に出ると、左右を見回した。診療所の先にある諏訪神社のほうへ走っていくあかの姿が見えた。

お菊がすぐに追いかける。すずも慌ててあとを追った。

寒空の下、あかは包みをくわえて、諏訪神社の境内へ飛び込んだ。あかが大きな杉の木で、止まった。くわえてきた包みをそこに放り投げるように置く。

あかは風呂敷を食いちぎると、中の焼き魚をくわえ、杉の木の根元に座っていたあかより少し大きな犬に与えた。犬の背に隠れるようにして子犬が二匹いた。まだ生まれて間もないようだった。

走ってきたお菊が、あかを見つけて止まり、火箸を振り上げたが、ゆっくり手をおろした。追い付いたすずもその様子を見て、笑顔になった。

「あか、この犬にご飯を上げたかったんだね」

すずが話しかけた。

お菊はしばらくあかを見ていたが、何も言わずに火箸をすずに渡すと、犬の親子に背を向けて歩き出した。鳥居の下で振り返ったお菊が、ばつの悪そうな笑みを見せた。


すずが診療所に戻ると、独庵が往診から帰って来ていた。

「どこへ行っていた」

すずの着物にずいぶん泥がはねていたので、独庵が怪訝《けげん》な顔で尋ねた。

「諏訪神社にお参りしてきました」

「ほう、それは珍しい」

「珍しくないです。私だって、お願いしたいことはあります」

すずは怒ってみせた。

「そうか、悪かったな」

すずの思わぬ反応に独庵は驚いて、それ以上追及はしなかった。

あかがすっと廊下を横切り、中庭に消えた。

「なんだ。あかも一緒か」

すずは返事をせずに、待合室へ行ってしまう。

独庵は腕組みをして、首を傾《かし》げた。

巳之助の病のことを考えていた。なぜ消渇で右の手足だけに麻痺が出るのか、それだけが謎だった。詐病でないことはこの間の発作を見ているからわかっていた。平吉と良庵が自分を試している。それは間違いなかったが、独庵にとってはそれはどうでもいいことだった。

消渇は食べ過ぎで起こることはわかっていたが、なぜ、そうなるといろいろな症状が出てくるのか、それがわからなかった。

何か毒素のようなものができて、それがからだのさまざまな臓器を壊していくのだろうと想像した。

ふっと、さきほど横切ったあかの足取りを思い出した。犬はゆっくり歩くときは前脚と後ろ脚をそれぞれ別に動かしている。速く走るときは前脚と後ろ脚は一緒に動く。こんなふうに脚が自由に動かせるには、どこからか命令が出なければならない。となれば、それは頭しかない。つまり頭から脚を動かせという命令が出ているのだろう。巳之助は頭からの命令が一時《いっとき》だけ出なくなる。それも右の手足を動かせという命令が出なくなるのではないかと考えた。それと消渇がどうつながるのか、独庵にはまだわからなかった。

8

久米吉は養生所の内情調査を続けていた。巳之助がやたらに食い過ぎるのは、養生所の中で知らぬ者がいないほどだった。

巳之助の周りに人がいない時に、久米吉は巳之助に直接、話を聞いた。

「巳之助さんよ、日がな食べてばかりいるお前さんだ、ここの飯だけでは足りないだろう。どうしているかと思ってな」

久米吉はふとんに胡坐《あぐら》をかいている巳之助にやんわりと言った。

「なんだ、あんたも看病中間の仲間で、また米を売ろうというのか」

おおざっぱな男かと思ったが、なかなか警戒心が強かった。

「いやいや、そんなふうに見えるか。おれは絵師だ」

そういいながら懐から何枚かの絵を見せる。

「なるほど、なかなか絵がうまいな」

巳之助は感心している。少し安心したのか、またしゃべりだした。

「養生所は看病中間の奴らが幅《はば》をきかせていて、患者の中には、なにかとたれ込む連中もいるから、やたらに悪口を言うわけにはいかんのだ」

「それはわかる」

久米吉は同意してみせたが、巳之助は、ほんとうかという目で久米吉の顔をにらみつけた。

「おれだって、相手がどんな奴か見分ける目くらい持っている。物語を書くには頭だけでなく目もいる。相手を見抜く目だな。これでも、江戸じゃ少しは知られた戯作者だ」

「それは聞いている」

「看病中間の奴らは、俺にやたらと飯を食わせる、いや買わせるのだ。おれが大飯喰らいだからそれをいいことに、高い値で米を売りつけてきやがる」

「そんなものは買わねばいいだろう」

「あんたも知っているはずだ。ここであいつらに逆らえば北の病室へ行くことになる。火鉢のないあそこに三日もいれば、誰だって死んじまうって寸法さ」

「おまえが飯を食い過ぎなのはわかっているのに、そんなことをするのか」

「近頃は飯を抜くと調子が悪くなる。ときどき右手が動かないのも、飯が少ない時なんだ」

「それはどういうことだ」

「そんなことはわからん。独庵先生にでも訊いてくれ。とにかく食わないとおかしくなる。だからしょうがなしに中間から高い米を買っているのだ。まあ本が売れてそこそこ金があるのを奴らは承知していて、これでもかと売りつけるんだ」

「なにか薬はもらっているのか」

「この漢方薬を良庵先生からもらっている」

「なんという薬だ」

「そんなこと、わかるわけがねえ。漢方薬だ。あー、たしか補中益《ほちゆうえき》なんとかといっていたな。それが最近、薬の量が増えて飲むのも大変だ」

「その薬を飲むと調子がいいのか」

「それはわからん。ただ右手が動かなくなるのが増えたような気がしないでもない」

「薬が増えてから、調子が悪いっていうんだな」

久米吉が問い詰める。

「まあ、そうかもしれん」

巳之助ははっきり言わない。しかし、なにかの手がかりになるかもしれない。早く独庵に伝えねばならない。久米吉は気が急《せ》いた。

巳之助の部屋を出ると、久米吉は周囲を見回した。人影が動いたように思ったが、どうやら気のせいらしかった。養生所の中で、ここのところどうも監視されているような気がしていた。

久米吉が廊下を歩いていくと、髭面の看病中間の一人に出会った。

「おう、久米吉さん。久しぶりだな」

独庵が言っていた平吉だと気がついた。以前の顔からはずいぶん変わってしまったが、額の傷はそのまま残っていた。

「平吉じゃないか。看病中間になったのか」

「そんなところだ。独庵先生のところではいろいろ世話になったな」

鋭い目つきだった。昔の面影はなかった。

「お前は良庵先生と何か関わりがあるのか」

「余計なお世話だ。久米吉さんこそ、ここで何をしている」

「俺の病がよくならないので、診てもらっている」

「馬鹿を言うな。独庵先生のところで診断ができなければ、ここで診断などつくはずがない。そんなことはわかっているはずだ。お前は、まさか何か別の用でここにいるのではないだろうな」

「なんのことやら」

「おれをだませるとでも思っているのか」

「そんなつもりはまったくないが」

久米吉はとっさに懐にある鉄筆に手をやった。

「養生所は医者が仕切っていると思ったら大間違いだぜ。おれたち看病中間がいなければどうにもならないのだ。だからここにいる限り、俺たちに従っておくんだな」

ねめつけるようにして平吉は久米吉を見た。

「それはわかっている」

久米吉はおおげさに頭を下げた。

「まあ、いいや。とにかく妙な真似はやめておくんだな。痛い目にあうまえに」

平吉は去っていったが、久米吉はこのところ話を集めるのが難しくなったと思った。

こうなれば、今夜、外出願いを出して、独庵のところに急ごうと久米吉は心を決めた。

9

夜もふけてきた頃、久米吉が飛び込むように、診療所の玄関に駆け込んできた。

すずが驚いて、

「どうしたんですか」

いつもは冷静で足音すらたてない久米吉が慌てているので、すずは不思議に思った。

「独庵先生に早くお伝えしたいことがあってな」

「まあ、何かあったんですね」

すずは大声を出して独庵を呼ぶ。独庵の部屋から返事はなかった。

「おかしいわね」

すずが部屋まで行くと、独庵は書物を読んでいた。

すずを追いかけるようにやってきた久米吉は「先生」と言いかけると、

「久米吉、そろそろ来ると思っていた」

そう言いながら顔を上げた。

「早くお伝えしたほうがいいと思いまして。それにどうも中間連中に疑われ始めたようです」

久米吉は息を切らせながら言った。

「珍しいな。久米吉が慌てているとは」

独庵は笑ってみせる。

「先生、看病中間の奴らはまるで破落戸《ごろつき》だ。放っておくと、この先、なにをしでかすかわかりません。なんとか手を打たないと養生所はこのままではどうにもなりません」

「久米吉、何かわかってきたのか」

久米吉を落ち着かせるかのように、ゆっくりした口調で独庵は言った。

「へい、申し訳ありません。巳之助は補中益なんとかという漢方薬を飲んでいるようです。それもこの頃はかなりたくさんの量をもらっていると言っておりました」

「なるほど」

独庵は腕組みをして、頭を傾げた。

「他には」

「看病中間の連中は平吉が仕切っているようです。平吉たちは巳之助の金回りがいいことにつけこみ、やたらに米を高く売りつけて、稼いでいるらしい。他の患者にもいろいろ売ってはいますが、巳之助はとくに大飯喰らいということもあり、大量に米を売りつけているんでさあ。巳之助も腹が減るので、その米を喰ってしまうようで。あっしが思うに、平吉が良庵先生をうまく使ったんじゃねえでしょうか」

独庵はそれを聞いて、しばらく沈黙していたが、指先が宙を舞うように動き出した。

久米吉が独庵の指先を目で追った。

「わかったぞ、久米吉。この書物にもあったが、巳之助が飲んでいる漢方は、補中《ほちゅう》益気湯《えっきとう》といって消渇に使う薬だ。大量に飲んでいるということで巳之助の麻痺の原因がわかったような気がする」

「それはどういうことでしょうか」

「良庵にそれを言えば、真実がわかるであろう」

「良庵先生にも何かわけがあると」

独庵は頷き、それ以上答えようとしなかった。

「久米吉、今夜は養生所に戻ったほうがいいだろう。外泊すると疑われてしまう」

「わかっております。では、このまま戻ります」

久米吉が玄関に立つと、

「久米吉さん」

すずが声をかけた。久米吉はひとつ頷いて、そのまま出て行った。

独庵は考えこんだ。久米吉が今、診療所に来たことは、かえって怪しまれたのではないかと思ったのだ。


久米吉は養生所へ急いだ。冷気が肌を刺すような冬の夜である。足下はかなり凍っていて脚がとられそうになるが、久米吉は素早い身のこなしで、早足のまま進む。

独庵の診療所を出たときから、後ろに気配を感じていたが、振り向いても人はいなかった。

病人坂の登り坂になって、久米吉の脚の運びはゆっくりになった。あたりは漆黒坂の別名どおり、真っ暗闇だ。養生所の塀が暗闇の先に消えていく。久米吉の持つ提灯《ちょうちん》が前方の闇を照らし出す。

突然、前からパラパラと浪人が出てきた。

久米吉は後ろを振り返った。二人の男が立っていた。やはりつけられていたのだ。しまったと思ったとき、前にいた浪人の間から、男が進み出て言った。

「久米吉、よけいなことをしてくれたな。独庵の差し金で養生所に潜り込んだとは、おそれいった。いろいろ知られてしまったから、放っておくわけにはいかない」

提灯をさらに上げると前方に男の顔が浮かび上がった。

「平吉ではないか」

久米吉は足を半歩前に踏み出し、懐の鉄筆を握りしめ、浪人たちに見えるようにした。

「おう、そんなものでおれたちと戦うつもりか。観念したほうがいい」

平吉はそういいながら、後ろにさがった。前にいる浪人たちはじりじりと距離を詰めてくる。久米吉は塀際に下がりながら、距離を保とうとするが、後ろの二人が近づいてきていた。

後ろから久米吉に斬りかかろうと浪人が刀を上段に構えたときだった。

地面を蹴立てる音がした。

久米吉が二人の浪人の背後に目をやる。走ってきたのは独庵と市蔵だった。

市蔵が独庵に刀を手渡した。

独庵の手が柄《つか》にかかるや、漆黒坂に鞘走《さやばし》る音が響いた。

独庵が無言で、浪人たちに斬りかかった。浪人二人の間に分け入るように駆け込み、二人を撫《な》で斬った。

血しぶきが残り雪に飛び散った。

独庵はそのまま走って久米吉の前に出るや、前方の浪人たちの中に踏み込んだ。

あまりに急なことで、泡を食った浪人たちが、慌てて切先を独庵に向けるが、そのときには、独庵の刀は宙を舞って、先頭の浪人の頭を真っ二つに斬り割った。

残りの浪人たちと平吉は慌てて逃げようとするが、独庵の太刀が闇をついて突き出され、浪人二人を田楽刺《でんがくざ》しにした。

平吉が逃げようと背を向けた。久米吉が鉄筆を投げた。それが平吉の後頭部に突き刺さり、そのまま前のめりに倒れ込んだ。

あたりに静けさが戻る。と闇の中から奉行所の役人が駆け付けてきた。独庵に命じられたすずが奉行所に走って、連絡をしたのだった。

「独庵先生、どうしてここに」

久米吉が訊く。

「お前が何か真実をつかめば驚いて、私のところにやってくるだろう。当然、看病中間たちもお前の動きに疑念を持っていたに違いないから、なにかやらかすかも知れないと踏んだのだ」

「それでは奴らが襲ってくると思ったのですか」

「中間どもが悪事を隠すには、お前を斬るしかないからな」

病人坂の漆黒の闇の奥で、犬の遠吠《とおぼ》えが聞こえた。奉行所の役人に後始末をまかせ、久米吉は養生所に、独庵は市蔵と浅草諏訪町の診療所に戻った。

10

翌日、独庵は奉行所の与力北澤幹次郎に手紙を書いた。久米吉からの内情報告を詳しく知らせるためだ。

病を治す場所が、中間たちの金儲けの場になっていて、病人が食い物にされている。せっかくの優秀な医者たちもすっかりやる気を失っている。

独庵なりの意見を書いた。

昼過ぎになって、良庵が訪ねてきた。独庵は良庵を待っていたのだ。

「独庵先生、巳之助の診断はいかがでしょうか」

昨夜の出来事について、良庵は何も語ろうとしない。

「良庵先生、消渇のために補中益気湯を使っているな」

「はい、消渇には効くと言われております」

「しかし、薬というものは、量を間違えれば症状が悪化する」

独庵の言っている意味がわからないようだった。

「巳之助は米をやたらに食っている。それも看病中間たちが米を高値で売りつけて、それを巳之助は三度の飯とは別に食っていたことをそなたは知っていたか。飯だけではなく香の物をかなりたくさん買っていたようだ」

良庵は独庵の言葉に驚いたようだった。

「なぜ、そのようなことまでご存じなのでしょうか」

「実はな、奉行から養生所の内情を調べてくれと頼まれておったのだ。養生所の風紀が乱れているのは良庵先生も知ってのことと思うが、看病中間たちが好き勝手をやり、とうとう調べに入っていたうちの久米吉までが襲われた」

「では、昨夜のできごとはそれでしたか」

「奉行所も手に余していて、若年寄からもなんども御触が出ている。改善しなければ奉行の立場もない。だから私が手伝ったのだ」

「そうでしたか」

「巳之助の症状は、確かに消渇のせいもあるだろう。しかし、良庵先生、私を陥れるために薬を多量に出したのか」

「とんでもない。私は巳之助がなんとかよくなればと思い、普段より、多めに補中益気湯を使ったのです」

「本当か」

独庵は良庵の顔を見て、確かめるように言った。二人の間にしばらく無言の間があった。

「実は」

良庵が言いかけると、

「何か隠していることがあるのだな」

独庵は身を乗り出して言った。

「はい、お見立て通りでございます。平吉に弱みを握られて、独庵先生をなんとか養生所へ連れてこいと言われていたのです」

「弱みとはなんだ」

「養生所の薬を、町医者に売っていたのです。それを奉行所に言うと脅かされていました」

「なぜ、そんな馬鹿なことをしていたのだ」

「小普請医師というのは、なんとか目立った仕事をしなければ出世ができません。ご存じのように養生所では医者が患者に処方する薬は、診た医者が金を出すことになっております。患者をなんとか良くしようと思うと、どうしても薬代がかさんでしまうのです」

「それで養生所の薬を横流ししたのか」

「平吉が買い取って、高い値で町医者に売っていたのです」

「なんということをしていたのだ」

「まことに馬鹿なことをしたと思っております」

良庵はうなだれた。

「巳之助のことも、平吉が関わっていたのか」

独庵は呆れたように言った。良庵はだまって頷いた。

「詳しく言ってみろ」

「平吉が巳之助の薬を増やせ、そうすれば病気はもっとよくなるというので、補中益気湯の量を増やしたのです。ところが、薬の量が増えると、巳之助が突然、右手足の麻痺を起こすようになってしまい……。平吉はどうもそのことを以前から知っていたようです」

「平吉もいろいろな患者を見てきているから、そんな悪知恵が働いたのかもしれん」

「巳之助に麻痺の症状が出るようになってから、独庵先生にそれを診てもらえと、私に言ってきたのです。そんな奇妙な症状が診断できるわけがないから、先生を困らせて、一泡吹かせたい、見下したいと思ったのでしょう。先生のところを辞めさせられたことをずいぶん根に持っていました」

「そういうことだったか」

独庵は納得した。

「しかし、先生、どうして右の手足に麻痺が出るのでしょうか。私にはそれがわかりません」

「巳之助は売れっ子の戯作者だ。物語を書くには頭がいる。消渇は毒素が次第にからだに溜《た》まってきて起こる病だ。毒素を薄めるために水を多量に飲む。薬でその毒素は減るはずだが、それがあまりに過ぎてしまうと、今度は頭が働かなくなるのだ。毒素といっても少しはからだに必要なものだからな。文字を多く書くということは頭のどこかが普通より発達しているはずだ。だからそこが毒素の影響を受けやすくなる。補中益気湯によって毒素が急激に減れば、頭にもその影響が出る。その結果が右手足の麻痺ということなのだ」

「薬の影響で、なんと一方だけに麻痺が出るのですか。まさかそのようなことが……」

「そう思うのもしかたがない。所詮素人《しょせんしろうと》の平吉には理由《わけ》などわからなかっただろう」

「毒素が影響していたとは、信じられません」

良庵は納得できないようだった。無理もなかった、独庵が考えたこの仕組みは、独庵が考え抜いて出てきた答えだったからだ。若い良庵にはとても到達できる答えではなかった。

「おまえが患者を救いたいと思う心に、平吉がうまく入り込んだのだ。おまえを初めて見たときから、小普請医師からなんとか出世して、表御番医師になりたいと思っているようにみえた。顔つきですぐにわかった。しかし、それはな、私の若い時に似てもいたのだ」

「独庵先生は若い時分、典医をなさっていたとききました」

「私も仙台藩の奥医になるまで、いろいろ苦労した。しかし、名声ばかりを求めていると、医者の本質を見失ってしまうぞ。私はそれがいやになり江戸に出てきたのだ。医者というのは、肩書きではない。市中の医者となり、患者に尽くすのもよいものだぞ」

そう言われた良庵はがっくり肩を落とし、いままで虚勢を張っていた姿がすっかり消えていた。

「もう一度、自分の医者としての生き方を考えてみるのも悪くないぞ」

独庵が諭《さと》すように言った。

良庵は頭を低くして、

「ありがたいお言葉、肝に銘じます。やはり独庵先生は名医でございました」

良庵の顔は少年のように光を放っている。良庵は背筋をぴっと伸ばすと、そのまま部屋を出て行った。

11

良庵が訪ねてきた四日後、久米吉が養生所から戻ってきた。

開口一番、久米吉が残念そうに言った。

「先生、巳之助が死にました」

独庵は一瞬息をのんだが、表情は変えなかった。

「私の考えは間違っていたのか」

呟《つぶや》くように言った。

「いえ、そうではありません。良庵先生が薬を減らし、その日から巳之助の麻痺は起こらなくなりました。調子がよくなった巳之助は養生所から外出したのですが、病人坂の下で斬られて死んでいたのです」

独庵はしばらく黙っていたが、ひとつ深い息をして、

「看病中間が殺《や》ったのだろう。養生所にはまだ平吉の息のかかった中間どもがいるのだな」

「そう思います。巳之助がいろいろ私に話したことを嗅ぎつけて、自分たちの身が危

うくなると思ったのでしょう。巳之助は私が養生所へ行かねば、斬られることはなかったと思います。残念です」

「病で死なず、刀で死ぬとはな。残りの中間どもは、北澤様が手を打ってくれるはずだ」

久米吉が独庵のもとに顔を見せるまで四日もあった。久米吉は誰が巳之助を殺したか、下手人をつきとめて、奉行所に伝えたにちがいない。

独庵は障子を開けて、中庭を眺めた。冷気が吹き込んで来る。

「良庵先生は養生所を辞めました」

久米吉がぽつりと言った。

「ほう、それで」

「生まれ故郷に戻り、町医者になると言っていました」

「そうか」

それだけ言うと、独庵はまた中庭を見つめた。

昨夜から降り出した雪が積もり始めて、黄色の仏手柑は真っ白な雪に埋《うず》もれ始めていた。

第二話　蛡集《いしゅう》（春）

1

墨堤《ぼくてい》沿いの桜のつぼみが膨らみ、春を告げようとしていた。大雪がつづいた冬からようやく抜け出し、暖かさを感じられる季節となった。

すずは数日前から熱を出して、実家の蕎麦《そば》屋に戻っていた。

顔は真っ赤で、息も荒く苦しそうに見える。蕎麦屋の店先から奥の部屋に戻ってきた父親の与平《よへい》が心配そうに、すずの顔をのぞき込む。

「どうだ」

「これくらい、平気だよ」

すずはそう言いながらも、一息一息が辛《つら》そうだ。額から大粒の汗が滲《にじ》み出る。

与平は浅草阿部川町《あべかわちょう》で蕎麦屋を始めて二十年が経《た》った。すずはここの娘で、医者の大和慶安《やまとけいあん》の紹介で、独庵の診療所で働くことになった。すずはこのところ働きづめで、いわば受付役から看護師見習いのような役目までこなした。患者の評判もよく、看板娘だった。

「これを飲め」

頭に「判じ物」の手ぬぐいを巻いて、着物の裾を巻き上げたままの与平が、寝ているすずの脇に座っている。

与平は徳利《とっくり》から水のようなものを茶碗《ちゃわん》に注《つ》ぎ、すずに飲ませようとする。

「おとっつぁん、これはなあに」

すずは徳利を見た。

「これは甚右衛門《じんえもん》様からいただいた、麻疹《はしか》に効くありがてえ薬だ」

「あのお医者さまからですか」

「そうだ。この薬は、いま江戸市中で評判でな」

与平はどうしてもすずに飲ませたいようだ。すずも与平があまりに熱心に言うので、断ることができない。熱もあって、頭もぼんやりしていて、判じることができなかった。

すずは与平に支えられて、からだをやっと起こし、茶碗の中の水薬を飲み干した。苦みで顔をしかめた。

「これで安心だ」

与平は満足したように、笑顔を浮かべた。

「おとっつぁん。独庵先生のところに連れていってくれない」

「馬鹿を言うでない。こんなに熱があれば無理だ」

「独庵先生に診てもらえれば、治ると思うの」

すずの声は弱々しかった。

「いま薬を飲んだから、しばらくすれば治るはずだ」

「もし熱が下がらなければ、独庵先生に往診を頼んでくださいな」

すずは心配でならなかった。

「よし、わかった」

与平は不満そうだったが、すずの思いは十分に伝わっていた。

江戸市中では麻疹が大流行していた。

この時代、二十年に一度の割合で麻疹の大流行が起きていた。麻疹は子供であれば、それほど問題にされない病気である。

しかし、幼児期に感染の経験がない大人がかかると、免疫を持っていないので、合併症の肺炎や脳炎を起こし、命を落とす者が続出した。


すずは、翌日、午前中には熱が下がったが、午後から再び熱が上がってきた。

同時に粟粒《あわつぶ》状の発疹が首や顔に出て、次第に全身に広がってきた。麻疹の典型的な症状であった。すずはこれまで診療所で何人も麻疹の患者を見てきたので、自分で診断ができた。

「おとっつぁん」

真っ赤な顔をしてすずが苦しそうに呼んだ。

「どうだ」

与平は心配そうにのぞき込む。

「だめね。熱は下がらない」

「おかしいな。もう少しすればよくなるはずなんだが」

「おとっつぁん、お願い。独庵先生に……」

消えるような声でそう言うと与平に差し出したすずの手が音もなく、うすべりに落ちた。

「すず、しっかりしろ」

独庵の声でぼんやりしたすずの気持ちが、現《うつ》つに引き戻される。

「先生」

すずが目を開けると、無精髭《ぶしょうひげ》が伸びた独庵の顔があった。

「熱がずいぶんあるな。顔やからだにも発疹がある。麻疹で間違いないな」

「おとっつぁんからよく効くという薬をもらったんですが」

すずは徳利のほうを見た。

「なんだそれは」

独庵はギョロ目をむいた。後ろに座っていた与平が、

「医者の杉崎《すぎざき》甚右衛門様からいただいた麻疹に効く薬でございます」

「麻疹に効く薬だと」

独庵は甚右衛門という名を、どこかで聞いたような気がした。

「へい。いま麻疹の特効薬として、甚右衛門先生の金柑《きんかん》奇応《きおう》薬《やく》という水薬が、麻疹に

よく効くと評判なのです」

「与平、確かに金柑が麻疹の特効薬として、大名に高額で売られているのは、私も知っている。しかし、その効き目は怪しいぞ。名前からすれば金柑を使った薬なのかもしれないが、麻疹の特効薬など、そうそうあるわけがない」

独庵の言葉に与平は目を見開き、不満そうな顔をした。

「甚右衛門先生にはこの蕎麦屋を始めるときから世話になって、あっしにしてみれば、親みてえなもんだ」

「そうだったな」

「独庵先生、いくら先生でも、甚右衛門先生からいただいた貴重な薬が怪しい薬とは聞き捨てならねえ」

与平は啖呵《たんか》を切った。いつもは、すずが世話になっている手前、頭を下げているばかりの与平が別人のようで独庵は驚いた。

「麻疹には特効薬はない。私が言いたいのはそれだけだ」

与平を落ち着かせるように言った。

「わざわざ来てくだすって申し訳ねえが、もう結構でさあ。すずはあっしが治してみせますから」

与平に独庵の言葉を聞き入れる気はまったくない。

寝ているすずは高熱でうなされながら何か言いたそうだった。

「与平、そうか、わかった。もうなにも言わん」

独庵はそれ以上、与平と争う気はなかった。ここでいくら言い合いをしても、とても収まるとは思えない。

「すず、がんばるのだぞ」

独庵は一声かけて、立ち上がると土間に降りた。

蕎麦屋の店内を通り抜けて、通りに出た。

「先生、どういたしましょう」

一緒に来ていた代脈の市蔵が苦瓜《にがうり》でも食べたような顔をして、言った。

「どうしようもないだろう。帰るぞ」

独庵は後ろを振り返る市蔵を尻目に、帰路を急いだ。

2

「まったくひでえ話だ」

久米吉が珍しくブツブツいいながら、診療所にやってきた。

「どうしたんです」

市蔵が笑いながら久米吉に、声をかけた。

「どうしたもこうしたもない。いま江戸市中で麻疹が流行《はや》っているが、それにかこつけた連中が、これ幸いと、怪しい薬や、お札などを売りつけている。全雁寺《ぜんがんじ》じゃ、祈《き》禱《とう》をするのに五両も取っているんだぜ」

久米吉は苦虫をかみつぶしたような顔をして、診療所の控え室に入ろうとする。

「独庵先生はお休みになっています」

市蔵があわてて止めた。

「いや、起こしてぜひ話を聞いてもらう」

久米吉は市蔵を無視して、障子を開けた。

独庵は書見台に向かって本を読んでいた。

「なんだ先生、起きていらしたんですか」

拍子抜けしたように久米吉が声をかけた。

独庵はやおら顔を上げると、

「何を興奮しておる、少し待て」

そういって、本をまた読み始めた。そうなると、一区切り付けるまで、独庵は決して人の話を聞かない。

久米吉はいったん障子を閉めて、廊下に座り込んだ。

市蔵が庭に植えた片栗《かたくり》は、今年になってようやく紫の尖《とが》った花をつけた。その花が風に揺られている。江戸の麻疹騒動など知らぬと、舌打ちしながら首でも振っているかのように見える。

花の動きにすらいらだちを覚えてしまう久米吉は、そんな自分がおかしくなって、ようやく気持ちが落ち着いてきた。

四半刻《しはんとき》(三十分)経ったであろうか。

「入れ」

独庵の声が障子の向こうから聞こえた。落ち着きを取り戻した久米吉は、ゆっくり障子をすべらすと、独庵の前に座った。

「落ち着いたか」

独庵は笑いながら言った。

「あっしは初めから落ち着いております」

「そうか、そうか。まあよい、で、どうした」

「いま江戸市中で麻疹が恐ろしい勢いで流行《はや》っておりますが、それにかこつけて、金を稼ごうという輩《やから》があまりに多いので呆《あき》れております」

「そんなにひどいのか」

「まったくの素人が麻疹に効くと言って怪しげな薬を売っていますし、坊主も神主も妙なお札やお守りを売っています。子供には鈴を付けた括《くく》り猿を、さらにはまじない用に多羅葉《たらよう》まで売る始末です」

括り猿とは子育てのまじないに用いる猿のぬいぐるみで、子供の着物の背中につけたりした。多羅葉とはモチノキ科の七、八寸（二十数センチ）ほどの常緑高木で、葉の裏を傷つけるとそこが黒く変色する。その性質を利用して麦殿《むぎどの》大明神の「麦殿は生まれながらにはしかして、もがさ（疱瘡《ほうそう》）の跡は我身なりけり」というまじない歌を書いた。麦殿大明神のまじないが疱瘡を退散させてくれると思われているらしい。

「ほう。なにか大変なことが起こると、人が金儲けに走るのはいつものことだな。医者たちはいつもの『麻疹精要《ましんせいよう》』を読んで処方は升麻葛根湯《しょうまかっこんとう》と決めておるようだ。効き目は疑わしいがな」

独庵も呆れたように言った。

「すずが麻疹と聞きましたが」

久米吉は心配そうに訊《き》いた。

「そうだ。まだ熱が高いようだ。それは麻疹だからしょうがないが、親父《おやじ》の与平が妙な薬を信じてしまって、困っておる」

「何か特効薬のようなものですか」

「そうだ。金柑奇應薬という水薬を飲ませているのだ」

「甚右衛門の薬じゃねえですか」

江戸市中のいろいろな噂《うわさ》は不思議と久米吉の耳に入った。

「なんだ。久米吉は知っていたのか」

「あっしの知る限り、甚右衛門は医者といってますが、怪しいもんです。麻疹の特効薬で、以前からかなりの財をなし、あきれるほど立派な屋敷に住んでいると聞いてまさあ」

「そうだったか。しかし、与平がなぜあんなものを信じるのかわからん。いつもならすずの言うことを聞くだろうに」

「与平には甚右衛門を信じるわけでもあるんでしょうか」

久米吉が考えこむ。

「さあて。信じないといけない、あるいは、信じているようにみせないといけないわけでもあるのかもしれん。まあ、それより、私はすずが心配だ。今日も往診にいく」

独庵は十徳《じっとく》の紐《ひも》を結んだ。

「そうしてやってください」

久米吉も心配そうであった。

「市蔵、往診に行くぞ」

独庵は立ち上がって、廊下に出た。市蔵はすでに薬箱を持って待っている。

以前なら独庵の後について行くだけで精一杯だったのが、このごろは先に動けるようになった。

準備万端抜かりなく立っていた市蔵を見て、

「そうか、市蔵もなかなか」

そう言って、独庵が上がり框《かまち》から土間に降りようと足下を見たとき、聞き慣れた声がした。

「先生」

独庵はびくっと首をすくめ、ゆっくり顔を上げた。

「お雪《ゆき》殿ではないか」

「なんですか、そんな他人行儀な言い方、やめてくださいな」

「いやいや、急にお雪殿の声がしたので驚いただけだ」

お雪は和蘭《オランダ》貿易商で廻船《かいせん》問屋の甲州《こうしゅう》屋の娘である。独庵は甲州屋の主人伊三郎《いさぶろう》の弱みを握っていて、困ったときには金を借りに行っていた。お雪は独庵に以前から好意を持っていた。はじめのうちは、勝手気儘《かってきまま》なお雪がじつに煙たかった。しかし、一度、『八百善《やおぜん》』で食事をしてから、独庵はお雪の人のよさがわかってきたような気がしていた。今日は金糸で風と縫い取られた寛文《かんぶん》小袖を着ている。

「筍《たけのこ》ご飯を持って参りました」

「ほう。それはそれは」

「まあ、なんだかお好きではないようで」

独庵の反応が面白くなかったようだ。

「いやいや、そんなことはない。いま往診に行くところで、急いでおって、すまんな」

独庵は市蔵に先に出ろというように目配せした。市蔵は軽く頭を下げ、木戸のほうに向かう。

「お忙しそうですね」

慇懃《いんぎん》にお雪は言った。

「戻ったら、さっそくいただくので」

「本当ですか。それとも私の造った筍料理など食べられないというんじゃありませんか」

「そんなことは言っていない」

忙しいときにからんでくるお雪は、いつものようだった。わがままな娘は相手が自分の意に添わないとすぐにふくれる。

「実は、すずが高熱で寝込んでいるのだ。実家でな」

いくら身内のすずのこととは言え、患者のことは言いたくはなかったが、しかたなしに事情を告げた。

お雪の表情がさっと変わって、

「そうでしたか。申し訳ありません。すずさんが大変なのですね。なにか悪い病気なんでしょうか」

心配そうな声になる。

「たぶん麻疹であろう」

「いま江戸市中で流行っておりますからね。いろんなおまじないやお札やら、怪しい薬まで売られているとか。まったく、どいつもこいつも欲の皮が突っ張った連中ばかりでいやんなっちゃう」

世間知らずに見えるお雪も、意外に世の中をよく知っている。

「お雪殿もそう思うか」

「私が世間知らずとお思いでしょうが、そんなことはございません」

「いや、そうは思わん」

あわてて首を振るが、お雪には独庵の考えが見えているようだった。

「いいんです。先生がそう思ってしまうのもしかたがないことですから。私もすずさんのためになにかできることはありませんか」

「いやいや、気持ちだけでありがたい。ここから先は医者の仕事だ。心配せずともよい」

「そうでした。先生なら、きっとすずさんを治せるでしょう。お急ぎのところお邪魔してしまいました。往診から戻られたら、ぜひ旬の筍ご飯を」

「ああ、すまんな」

お雪が先に木戸を出ていき、少し間をおいて、独庵と市蔵はすずのもとに急いだ。

3

独庵が蕎麦屋の腰板障子を開けると、与平が立っていた。

「先生、わざわざきてくだすって申し訳ねえが、心配はいらねえ」

独庵の顔を見るなり、中へ入るなといわんばかりに言い放った。

「与平の気持ちはわかった。それより、すずはどうなんだ」

「薬が効いたようで、お医者さんは間に合ってまさあ」

「馬鹿を言わずに私に見せるんだ」

独庵は与平を押しのけた。ずんずん奥に行き、障子を開けてすずの様子をうかがった。

顔が真っ赤で、額から汗を流し、息は荒かった。それでも独庵の顔を見ると、

「先生、すみません」

かすれたような声を出した。

「どうだ」

独庵はそういいながら、すずの手首に自分の指を当てて脈を診た。すごい速さだ。

額に手を当てると、驚くほどの高熱だった。

　当然だが、与平の薬は全く効いていなかった。

「与平、薬は効いておらんぞ」

　独庵は背後に膝を突いている与平を振り返り、顔をこわばらせた。

「まだこれから効いてくるんで。知り合いの餓鬼もそうだった」

「すずがこれほどの熱でうなされていても、まだあの薬を信じているのか、与平」

「甚右衛門先生の薬は、大勢の麻疹の患者の命を救っているんで、すずももう少しすればよくなるに違いねえ」

　独庵の言葉がまったく耳に入っていないようだった。なぜこれほどまで、甚右衛門のことを信じるのか独庵には皆目わからなかった。

「よし、わかった。例の薬とは別に、麻疹のときは、必ずやらねばならないことがある。与平、これだけはやっておくんだ」

「そんなものはいらねえ」

　聞き入れようとしない。独庵は与平の言葉を無視した。

「まず熱だ。熱を下げないと、飯も食えない。飯が食えなければますます弱ってしまう。だからこの漢方薬を飲ませてやってくれ。その金柑奇應薬は飲ませてもいいが、熱だけは下げないとだめだ」

　独庵は市蔵がすでに薬箱から取り出していた熱冷ましの薬を手渡した。

　与平がしぶしぶ受け取る。

「それから、下痢をしていれば、この薬も飲ませておけ。下痢で水気がなくなれば、やはりからだが持たんぞ。飯はまだ食えないかもしれないが、少しでも食べられるようなら油濃いものはだめだ。それから、辛いものなど、腹を刺激するものもだめだ。生の物も食べてはいけない。あとは安静を保つしかない」

　与平はうつむいて聞いている。

「麻疹はほとんどが自然に治る病気だ。肺患いを起こさねば、元気になる。それには、病と一時闘うことをやめて、一緒に過ごすことだ」

　独庵が心構えを説いた。与平はずっと黙ったままだ。

「いいか与平。病とは闘うのではなく、一緒に過ごすのだ。一緒に病と過ごし、静かに去っていくのを待つのも大事な治療法なのだ。なんでも薬、薬で病と戦ってはいけない。身を潜め、ゆっくり息をして、やり過ごすのも立派な治療だぞ」

　押し黙っていた与平が口を開いた。

「独庵先生、それは偉い医者の考えだろう。それじゃ患者の気持ちってもんは、わからねえな。医者はなんでもわかっているつもりか知れねえが、患者の本当の気持ちなんぞわかるわけがねえ。病人には病人の苦しさがあるんでさ。すずが麻疹で苦しんでいるが、それはどんな名医も治せねえ。そんなことくらい、どこの馬鹿でも知っているってもんだ。だから甚右衛門先生の薬がいいんでさあ」

与平は独庵に怒りをぶつけてきた。

「すずが苦しんでいるのを見れば、親としても辛いのはわかる」

独庵は与平の気持ちをくもうとした。

「いいや、決して患者の苦しみは医者にはわからねえ。医者は患者をたくさん診てきたから、知恵はあるんだろうが、どっこい、患者はみな違うんでさあ」

与平の言うことも、十分理解はできて、真っ向から否定もできない。

「与平の気持ちはわかった。しかし、このままではすずは死ぬかもしれん」

「そうやっておどかしゃ、驚いて言うことをきくと思ってんだろう。冗談じゃねえ、すずはおれがここで治してみせる」

後ろで聞いていた市蔵が、さすがに我慢できなくなり、

「与平、独庵先生をなんだと思っている。江戸、いや城内でも名前を知らぬものはおらん。その先生が、直接診ているのだ。ここはすずのためと思って、独庵先生に任せ

るべきだ」

市蔵はぐっと身を乗り出していた。

「一番弟子となりゃ、そりゃ大先生の言うことをきくしかねえな。気の利いた弟子なら、ちゃんと自分の頭で考えてものを言うほうが、まだかわいいってもんだ」

「なんだと」

市蔵はがまんできずに、与平の首根っこを捕まえ、締め上げようとする。

「やめろ、市蔵」

独庵が市蔵の腕をひねりあげて、与平から引き離した。

「なんでえ、最後はこのざまかよ」

与平は着物の襟を直しながら言った。独庵はじっと与平の顔を見て、

「わかった。ならば、きっとおまえが治すのだぞ。市蔵、帰るぞ」

すっくと立ち上がった独庵は、くるりと背を向けた。そのまま土間に降りて、蕎麦屋の店中を通って外へ出た。

「先生、あれじゃ、すずが死んでしまう」

市蔵が追いかけながら言った。

「それもすずの定めかもしれん」

言い捨てるように独庵が言う。

「先生、それはあんまりな言いようです。すずは熱でおかしくなっているから、自分でどうこう言えないではないですか」

市蔵は必死に止めようとするが、独庵はさっさと先を歩いて行く。

市蔵は蕎麦屋のほうを何度も振り返りながら、独庵の後を追った。

4

浅草諏訪町の診療所に戻った独庵が、控え室で休んでいると、木戸を叩《たた》く音がした。すずがいないので、市蔵が木戸まで行った。

「独庵先生に往診をお願いしたいのです」

顔がげっそり痩せこけた老人が立っていた。市蔵はその顔を見たとたん、

「あっ、岩木《いわき》屋の利助《りすけ》さんじゃないですか」

親しげな声を出した。

「市蔵さん、お久しぶりです。あなたのおかげで独庵先生にはよくしてもらっております。今日はかかあのことで来ました」

「急の病気ですか」

「熱が下がらず、困っております。なんだか息も苦しそうで」

利助が話をしていると、独庵がやってきて、

「おっ、利助じゃないか、どうした」

心配そうに声をかけた。

「先生、かかあのお玉《たま》がもうだめかもしれん。最期ぐらい先生に診てもらいてえんで、やってきました」

「なにを言っておる。かってに最期を決める奴《やつ》があるか。診ないことにはわからん」

利助は端《はな》から諦めているようだった。独庵はそれにいらだった。

「いくら独庵先生でも、今度は無理だと思うんで。死に際をせめて先生に診てもらいてえ」

「話はあとだ。行こう」

「よろしくおねがいします」

利助は住まいの長屋のほうへよろよろと歩き出した。

独庵が市蔵に目配せして、薬箱を用意させると、診療所の前の道に出て、先を歩く利助のあとに続いた。

診療所の裏道に面して浅草では有名な鰌《どじょう》屋があって、その横の狭い道を、利助は進んで行く。

長屋の前まで来ると、利助は勢いよく障子戸を開けて、

「お玉、まだ息してるか」

怒鳴るように言って、板張りの部屋に上がった。

煎餅布団の上に、老女が横たわり、目を閉じたまま、荒い息をしている。

独庵は布団の横に座り、お玉の息の具合を見つめた。脈を診るために、お玉の手首に人差し指を当てたが、脈はほとんど触れない。

息は時々間遠になるが、思い出したようにまた息をし始める。

四畳半ほどの狭い部屋は、乱雑に衣類が置いてあった。ほとんど食べていないのだろう。食事をした形跡がない。

枕元の徳利に目が行った。

「まさか、利助、甚右衛門の水薬を飲ませていたのではないだろうな」

独庵は探るように低い声で言った。

「どうして、それを」

利助は独庵の顔を見て、驚いている。

「やはりそうか」

「麻疹によく効くと、江戸市中でいま評判の薬だったので、買ってきて飲ませました」

「麻疹に効く薬などない」

独庵はきっぱりと言い切った。

「そんなこたあ」

利助は遮るように言う。

「馬鹿もの」

独庵は珍しく激怒した。後ろにいた市蔵はその声に驚いて土間に落ちそうになった。

「先生、そんなでかい声を出すことはねえだろうに、看取《みと》ってもらいてえだけだ。かかあは先生によく世話になっていたから、最期は先生に診てもらいてえんだ」

独庵が手を上げて徳利を倒した。

「遅い、もうどうにもならん」

独庵はそう言いながらも患者の手を握っていた。

と、すーっと息が止まった。あれほど苦しそうな息をしていたお玉の顔からは、苦痛が消え去り、笑っているように見える。

「先生、だめか」

独庵は無言で頷《うなず》いた。その瞬間だった。市蔵が枕元に倒れていた徳利を取ると土間にたたきつけた。

利助は何が起きたのかわからず、ぽかんと口を開けている。

「利助、しかと看取ったぞ」

「へ、へい。ありがてえことで」

利助は拝むように手を合わせ、独庵を見た。目の先に独庵の憤怒の形相があった。

「利助、敵《かたき》をとってやる」

その言葉の意味が、利助にはまったくわからなかったようだ。

「どういうことなんで」

利助が訊くが、独庵は返事をせず、お玉の死に顔に両手を合わせ、立ち上がった。

「行くぞ、市蔵」

そのまま、独庵は外に出た。

「甚右衛門を探すんですね」

市蔵が独庵の背中に訊くが、独庵はうなずくでもなく、無言で足を速めた。

5

利助の長屋から戻った独庵は、まだ怒りが収まらないようだった。

中庭に出て、真剣を抜き、素振りを始めた。刃風が空《くう》を切り裂く。松風が蕭々《しょうしょう》と鳴るような音がしていた。しばらく素振りを続け、ようやく落ち着きを取り戻したようだった。

「先生」

近寄りがたい独庵の姿に、市蔵が恐る恐る声をかけた。

「なんだ」

「大丈夫でございますか」

「なんでもない」

「先生がそんなふうに、お怒りになるのはよほどのことかと」

「わからぬか」

独庵はそういって市蔵の顔をにらみつけた。市蔵ははっとして目をそらそうとする。

「人はなぜ、医学を信じないのだ。我々が必死になって患者を治そうとしても、あんなばかばかしい水薬を信じている。妙なまじないに傾倒して、効きもしないお札に高い金を払い、麻疹からのがれようとしている。麻疹に群がる金の亡者、まるで甘い汁に虫どもが蝟集《いしゅう》するようだ。我々の苦労など患者は知りもせず、噂を信じ、まやかしを見抜こうとはしない」

「先生、口はばったいようですが、お許しください。それは患者というものが、何も医学だけを信じているわけではないからかと」

「ほう、どういうことだ」

「つまり、頭の中ではわかっていても、心の動きはまた別物ではないかと思うのです。藁《わら》にもすがりたい気持ちで、町中のあやしい噂を信じてしまうのが、むしろ人というものではないでしょうか」

「市蔵、そのとおりだ。よう言った」

独庵は市蔵に気がつかせようとしていたのだ。独庵が続ける。

「我々の敵は、病だけではない。怪しい偽薬を信じてしまう患者や家族を救うことも重要な役目なのだ。利助を責めてもしょうがない。そうなる前に止めねばならなかった」

「すずさんをなんとかしないと、お玉と同じになってしまいます」

「わかっておる。久米吉を呼べ」

独庵は刀を鞘《さや》に収めた。呼吸はすでに整っていた。

市蔵に呼ばれた久米吉が廊下に膝を突き、

「先生、お呼びでしょうか」

と言うと、すーっと障子を開けた。

「この間、久米吉も言っていた甚右衛門だが、放ってはおけなくなった」

久米吉に背を向けたまま独庵が言った。

「金柑奇應薬とかいう怪しい薬を売っている例の医者ですね」

「甚右衛門をもそっと調べてくれ」

その言葉の重さは久米吉には先刻わかっていた。

「へい」

返事を聞いた独庵が背後に目をやると、久米吉の姿はすでになかった。

独庵は無精髭に手をやった。

6

三日続けて、独庵はすずの実家の蕎麦屋に往診に来ていた。

さすがに与平も、まめにやってくる独庵の姿に折れたのか、様子が変わってきた。

「先生にこう毎日往診されたんじゃ、申し訳ねえってもんだ」

独庵は頷きながら、すずを診察している。

「そうだろう、与平。独庵先生が毎日往診するなど、公方様《くぼう》でもないことだぞ」

独庵は振り向き、市蔵にそれ以上言うなという目をした。

「すず、熱も下がり、大分よくなったな。水気は摂《と》っているか。食べられるものはなんでも食べていいぞ。世間ではいろいろだめなものを並べるが、そんなことはない。回復してくるときに毒になる食べ物などないぞ」

「先生、ありがとうございます」

弱々しい声で、すずが言った。

「よい、よい。黙っておれ」

独庵はたしなめた。

「やっぱり金柑奇應薬が効いたんだな」

与平はまだ甚右衛門の薬を信じているようだった。

すずの麻疹は峠を越したようだ。しかし、麻疹は治っても、そのあと肺の病が起こることも多く、油断はできなかった。

「すず、もう少しの辛抱だ」

独庵は笑顔で話しかけた。

もう一度、すずの顔を見て、土間に降りた。

「ありがとうございます」

与平は素直に頭を下げていた。


浅草諏訪町の診療所に戻る途中、大川の堤に出てみた。土手は薄紅の桜の花におおわれていた。

「満開だな」

市蔵に言った。

「春だというのに、気分は晴れません。すずが早く治って、前のように元気になってくれないと」

「そうだな。あのまま治っていけば、もう少しで戻ってこられると思うが」

「そうですか。先生がそうおっしゃるなら」

「病に絶対はないが」

独庵はもう一度、土手の桜を見た。その桜の中を一直線に駆けてくる男がいた。

「市蔵。あの走り方は……」

独庵は笑顔を見せた。息を切らせて駆けてきた久米吉に声をかける。

「どうしてここがわかった」

「どうもこうも。先生がいまの時季、診療所にいないなら、このいい天気じゃ、大川の堤にいると思いましてね」

「ほう、さすがの見立て」

独庵が久米吉をからかってみせる。

「先生、甚右衛門のことが、いろいろわかって参りました」

「そうか」

独庵は頷いた。

「ここで話もいいが、腹が減った。『浮《う》き雲《ぐも》』に行こう」

「いいですね」

久米吉も腹が減っていたようだ。

『浮き雲』は独庵がときどき夕飯を食べに行く小料理屋だ。診療所の近くの大川沿いにある。すずがいないので、夕飯はどこかで食べるしかない。

三人はしばらく歩き、目印になる松の木を通りすぎた。その先の大川沿いに『浮き雲』の暖簾《のれん》が見えてきた。

「今日は何にしましょうかね」

市蔵も腹を空《す》かせていたようだ。

「まあ、善六《ぜんろく》に訊くしかない」

『浮き雲』の木戸は開いていて、暖簾をはね上げて、独庵たちは中に入って行く。

「おやおや、独庵先生。お久しぶり」

店主の善六が大声で言う。

「おやじ、相変わらず声がでかいな」

独庵が言った。

「でかいのは声だけじゃねえんで」

樽《たる》のような腹を叩いてみせた。

「あら先生、お久しぶり」

看板娘の小春《こはる》が目をくりくりさせて勝手口から顔を見せた。独庵は頷き、自分の家に帰ってきたように奥座敷に上がり込んで行く。市蔵と久米吉も続いた。

「今日は何がうまい」

独庵が訊く。

「そうさなあ、すずめ焼きでどうです」

善六が答えた。

「すずめ焼きって、鳥の」

市蔵が驚いて訊く。

「市蔵さん、馬鹿を言うな。すずめ焼きっていうのは、さるお殿様が狩に出た際に、お付きの者が付近の川で捕れた鮒《ふな》を開き、これを焼いて食膳にお出ししたところ、『これは雀を焼いたものか』と問われたのが由来だ。それ以来、小鮒を背開きにして竹串に刺し、たれを付けて焼いた物をすずめ焼きというようになったんだ」

久米吉が丁寧に説明した。

「さすがに久米吉、よく知っておるな」

独庵が感心している。

「あっしだって、絵ばっかり描いているわけじゃないんで」

「すずめ焼きといっても、今日は鯛《たい》ですよ」

善六が割り込むように言ってくる。

「なに、鯛のすずめ焼きか、珍しいな。それを三つ頼む」

独庵が舌なめずりをしている。

男三人で、飯の話で盛り上がるのも久しぶりだ。これもすずがいないからこその話だと、独庵は吐息をついた。

「先生、与平がなぜあんなに甚右衛門の肩を持つのかわかってきました」

久米吉はこの話をしたくてしかたがなかったようだ。

「ほう、聞こうではないか」

独庵が久米吉の顔を見た。

「甚右衛門という男は、昔、菰野《この》藩の藩医をしていたようです」

「なんと、藩医だったか、菰野藩といえば伊勢《いせ》だったな」

「江戸に出てきて、神田須田町《かんだすだちょう》で開業医をやっていたのですが、なかなかうまくいかなかったようです。しかし、麻疹が流行りだして、例の金柑奇應薬の水薬を売り出したところ、飛ぶように売れて、あっという間に持ち直したというわけです。菰野藩は財政が逼迫《ひっぱく》して大変な時期が続いたようで、甚右衛門はそんな中を生きてきたのでしようから、普通の医者とは苦労の多寡が違っているのでしょう」

「金勘定にも強い医者というわけだな」

独庵は自分とはずいぶん違うように思ったが、表情には出さなかった。

「かねてより蕎麦屋の常連だった甚右衛門は、与平の商売がうまくいかないときに、金を貸して助けたようなのです。すずもそれを知っていたからこそ、甚右衛門の怪しい水薬を無下にするわけにもいかなかったということでしょう」

「なるほど、賢いすずがなぜ甚右衛門の怪しい薬を見抜けなかったのか不思議だったが、そういうわけか」

独庵は納得したように無精髭をなでた。

「甚右衛門が怪しい治療で荒稼ぎをしているのは、絵師の仲間うちでも噂になっていましてね。私もよく知っている有名な絵師の曾我《そが》蕭白《しょうはく》が描いた虎のふすま絵をえらく高い値で買っています。そんな金がどこから出たかは言わずもがなでしょう。まあ、それだけ荒稼ぎしたということなんで」

「ほう、蕭白先生の絵を買うとはな。よほど羽振りがいいのだろう」

独庵は目を細めた。

小春が持ってきたすずめ焼きを市蔵が一口食して、

「このすずめ焼き、たれがなんともうまい。すずに食わせてやりたいですね」

しみじみ言った。

独庵も黙って頷いていた。

7

独庵が三日続けて往診をしてから、二日後、突然、すずが診療所に顔を出した。

まだやつれた顔をしていたが、足取りはしっかりしていた。

独庵の部屋にやってきたすずが、うれしそうに座った。顔がすこしこけていて、まだまだ病み上がりのからだのようだった。

気持ちだけは元気を出そうとしているが、所作はゆっくりで、大儀そうに見える。

「先生、何度も往診をしていただき、申し訳ありませんでした」

「いや、そんなことはいい。具合はどうだ。まだ寝ていたほうがいいぞ」

独庵はすずの顔を見ながら心配した。

「大丈夫です。今日からがんばります」

「無理をせずともよい」

「いえ、いろいろやらねばならないことがあるので、仕事をさせていただきます」

「まあ、そう焦らずともいいではないか」

独庵が止めるが、すずはやおら立ち上がり、部屋を出て、掃除をしようとする。

「大丈夫か」

市蔵が心配するが、

「大丈夫」

気丈に振る舞ってみせ、すずは掃除を始めた。


しばらくして、木戸を叩く音がした。

すずがうれしそうに出ていく。久しぶりに仕事ができると思ったのだろう。

木戸を開けると、みたことのない五十くらいの女が立っていた。身なりは整っていて、紋付きの藍鼠《あいねず》の小袖を着ている。

「すずさんですね」

どこか聞いたことのある声のような気がした。

「どなたでございますか」

「医者の甚右衛門の妻のお滝《たき》と申します」

「えっ、甚右衛門先生の奥様ですか」

「はい、あなたがまだ小さいころ何度かお会いしてますが、小さかったから覚えてはいませんよね」

「いえ、なんとなく覚えております。今日はどうなさったんですか」

すずはどうして甚右衛門の妻が独庵のところにやってきたのか小首を傾《かし》げた。

「独庵先生に頼みがあって、やって参りました」

「なんでございましょう」

「独庵先生に直接でないとお話はできませぬ」

すずにはわけを言いたくないようだ。

「先生はお会いしないかもしれません」

独庵の気持ちを察してすずが言った。

「そうかもしれませんが、とにかく直接お話がしたいとお伝えください」

お滝に引き取る様子はまったくなかった。

「わかりました」

すずはしぶしぶ、木戸の前にお滝を待たせて、独庵のいる控え室に行った。

「先生、甚右衛門先生の奥様がいらして、先生にご相談があるとおっしゃっております」

独庵は甚右衛門と聞いて、頭を上げてすずを見た。

「どういうことだ。用件は訊いたのか」

「先生に直接お会いしないと話せないそうです」

「そうか」

独庵はしばらく考えていたが、

「わかった。通してくれ」

「はい」

すずは、お滝を呼びに戻ると、診療所の中に招き入れた。

「先生。お連れいたしました」

「入れ」

すずがゆっくり障子を開けた。

午後の陽《ひ》が部屋の中に差し込み、独庵の顔に陽が当たった。独庵はまぶしそうにお滝を見て、座るように促した。

「突然の訪《おとな》いで申し訳ございません。私は医者の甚右衛門の妻のお滝と申します」

両手をついて頭を下げた。

甚右衛門の振る舞いに、怒り心頭の独庵だが、そこは顔色ひとつ変えない。

「今日はいったいどういう用事でいらしたのかな」

「実は甚右衛門が麻疹にかかりまして、ここ数日熱が高く、食事も十分に摂れないのです」

「それは心配ですな。で、私にどうしろと」

「先生に診察をしていただきたいところですが、そうではないのです」

治療の相談と思っていたが、お滝の真意がつかみかねた。

「甚右衛門はこのまま治ることはないように思います。だから独庵先生にお看取りをお願いしたいのです」

「なんとも藪《やぶ》から棒のお話ですな。まずは治す努力をしてからでないと医者の役目は果たせません」

「実は私、甚右衛門が許せないのです」

独庵はお滝の顔をじっと見た。

「どういうことかな」

「先生は先刻、ご存じかと思います。甚右衛門はまやかしの治療をずっとやってきました。それによって多くの患者さんが亡くなっているのです。私は何度も止めようとしましたが、聞き入れてくれませんでした。金柑奇應薬は麻疹の流行にあやかって驚くほど売れてしまい、甚右衛門は財をなしました。私には、そんな怪しい薬を売ってまでして金を稼いだ夫の振る舞いを見過ごすようなまねはできません。それでは罰が当たります」

独庵はお滝の意外な話に驚いていた。

「私も医者として、あなたのご亭主がやってきたことを許すことができない。麻疹はとんでもない災厄です。二十年に一回、麻疹が流行って多くの人が亡くなっていく。特効薬もない。特効薬がないからこそ怪しい薬が流行ってしまう」

独庵は悔しそうに言った。

「それにつけ込んで金儲《かねもう》けに走る夫の甚右衛門を許すことは人のためになりません」

妻の言葉とは思えないほど、お滝の舌鋒《ぜっぽう》は鋭い。よほどの思いがあってのことだろうと独庵は思った。

「医者が患者に、いくら学問上の正しさを説いても、おいそれと受け入れるものではない。それは是非もないとも言える。長く医者をやっていると、人とはそういうものだと、次第にわかってくる。そんな馬鹿なことをすれば命を縮めるとわかっていても、やめられないのが人という生き物だ」

「甚右衛門の怪しい薬はしょうがないとおっしゃるのでしょうか」

お滝は納得がいかないという顔をした。

「いや、そうではない。藁にもすがろうといろいろな治療を信じ込んでしまう患者を責めても、しょうがないと思うのだ。それを止めることはできない。ただ、その元を作った人物を許すことができないだけだ」

「独庵先生、甚右衛門はこのまま死んでいくと思います。私がそれを一人で見届けるのも心苦しく思います。独庵先生のような有名なお医者様に最期を見届けてもらえれば、世間から恨まれている甚右衛門も少しは救われるというものです」

「死に際に立ち会えというのだな」

「そうでございます。それが叶《かな》えば、妻としての最後の仕事をしたことになります」

お滝は涙ぐんでいるように見える。しばらく独庵は考えていたが、

「そうか、わかった。お手伝いしよう」

はっきり言った。

「ありがとうございます」

お滝は深々と頭を下げた。ゆっくり、頭を上げると、来たときの厳しい顔が、満足げで穏やかな顔に一変していた。

「先生、今夜にでも来ていただけますか」

「承知した。まだ仕事がある、終わり次第、すぐに参る」

独庵はお滝から家の場所を聞いた。

お滝は憑《つ》きものが落ちたように、ゆったりした足取りで帰っていった。

しばらくして、すずが独庵の部屋に入ってきた。いつものように、廊下で独庵たちの話を立ち聞きしていたのだろう。

「先生、甚右衛門先生を助けてあげてください」

すずは目に涙を浮かべている。

「すず、聞いていたであろう。であれば、私がおいそれと甚右衛門を助けるわけにはいかんことぐらいわかるはずだ」

「そんな、そこをなんとかしてください」

すずは必死の形相である。これほど感情をあらわにしたすずはこれまで見たことがない。

「私の父を助けてくれた方です。どうしても恩返しがしたい。先生なら麻疹など治せるはずです」

「無理を言うでない。麻疹の特効薬などないのは、すずも知っているではないか」

「そんなこと、私は知りません。でも先生が治せることは知っています」

「すず……」

と言って独庵は言葉を詰まらせた。

涙を拭いながら必死に訴えるすずの顔を見ていると、さすがに独庵も次の言葉が出てこなかった。

「とにかく、診ないことにはわからん」

「では、いまからお願いします。できる仕事はやっておきますので」

すずは必死の形相で、何度も頭を下げる。

独庵はそれに耐えかねて、

「わかった。市蔵、行くぞ」

と怒鳴ると、すでに市蔵は薬箱を持って、土間に立っていた。

神田山下町《やましたちょう》にある甚右衛門の家までは半刻（一時間）もかからない。

春とはいえ、夕暮れどきは肌寒い。

独庵は小走りに向かった。

8

甚右衛門の屋敷は板塀に囲まれていた。門の横には潜戸《くぐりど》があり、医者の家としては立派なものであった。

よほど稼ぎがよかったのか、一代でよくぞここまでにしたものだと感心してしまう。

市蔵が潜戸を叩いた。

「お待ちください」

待っていたかのように声がして、奉公人らしい男が戸を開けた。

「独庵先生をお連れしましたが」

市蔵が言うと、

「お待ちしておりました。奥様から伺っております」

奉公人の案内で玄関を上がり、独庵たちは廊下を通って奥の部屋に入った。

部屋の真ん中には、顔伏せの白い布がかかった遺体が横たわっていた。

「こ、これは」

独庵はそれ以上、言葉が出てこない。

遺体の横に座っていたお滝が、深々と頭を下げ、畳に額をこすりつけた。

「遅かったか」

独庵は驚きが隠せない。

「ご足労をお願いいたしましたが、この通り、先ほど息を引き取りました。先生に最期を診ていただこうと思っておりましたが、無念でございます」

独庵は力が抜けたように座り込んだ。

「どういうことだ」

納得がいかなかった。

「先生のところから戻りましたときに、甚右衛門はすでに息が止まりそうになっておりまして、私が声をかけたところ、そのますーっと息を引き取りました。なんとか死に際に間に合いました」

「そうであったか」

独庵はそういいながら、顔伏せをとって、甚右衛門の死に顔を見た。

初めて見る甚右衛門の顔だ。

独庵は顔伏せをふたたび甚右衛門の顔にかけた。あれほど甚右衛門の所業に怒りを持っていたが、死人となった甚右衛門を目の前にすると、不思議と怒りは収まっている。死んでしまえばいくら稼いでも同じことと、甚右衛門が哀れに思えた。

「残念であったな」

独庵はお滝に言った。

「先生にはあんな言い方をいたしましたが、亡くなってしまえば、哀れなものでございます。せめて先生に最期を看取っていただきたいと思っておりましたが、かないませんでした」

「甚右衛門にしてみれば、必死に生きたのかもしれん」

「ありがたいお言葉」

独庵はお滝の打ちひしがれた姿に同情も覚えた。夫が怪しい薬で財をなし、それを受け入れることができなかったのであるから、内心さぞかし苦しんだであろうと思った。

お滝が包みを差し出した。

「先生にわざわざ来ていただき、何もしないわけにはいきません。どうぞお受け取りください」

「お滝さん、それはお断りする。私は何をしたわけでもないし、どうすることもできなかったのだからな」

「いえ、先生。せめてもの償いのつもりです。診療所のためにお役に立てていただければ……」

「それも困る。気持ちだけもらっておく」

独庵はまったく受け取る気配は見せず、

「それでは失礼する」

立ち上がって、部屋を出た。

「いくら稼いでも、墓に金は持っていけませんからね」

市蔵が後ろからささやいた。

「医者にもいろいろと生き方があるものだ」

独庵も何か思うところがあるのか、言葉は少なかった。

9

浅草諏訪町の診療所に戻ると、木戸ですずが待っていた。独庵の部屋に入るなり、すずが言った。

「先生、どうでしたか」

「間に合わなかった」

「そんな」

すずが大声を出した。

「着いたときには息を引き取っていた」

独庵は抑えた声音で答えた。

「先生がなんとかできなかったのですか」

すずは納得できない様子だ。

「なんとかするもなにも、死んでいたのではどうにもならん」

「先生がもっと早く行けば助かったのではないですか」

すずの言葉に、市蔵が割って入って、

「すず、言葉が過ぎるぞ」

「よい。すずの気持ちもわかる」

「おわかりになっていません」

すずはいやいやをするように首を振った。

「すず、難しい病はいくらもある」

「先生は初めから金柑奇應薬を疑っていましたから、甚右衛門先生を嫌っていたのだと思います。だから、奥様が看取って欲しいと言ってきてもわざと遅れて行こうとしたのです。初めから助けようという気はなかった。普段の先生ならすぐ往診に行ったはずです」

すずがこれほど自分の考えをはっきりと独庵に言ったのは、初めてだった。

「もうそれ以上言うでない」

市蔵はすずを独庵の部屋から、押し出そうとした。

「市蔵さんも、そんなふうに考えるんですね。わかりました。私はいやになりました。ここにはもういられません」

「何を言いだすのだ」

市蔵がすずの態度に驚いた。

「患者に善人も悪人もありません。お医者様に患者の命を救う気がないなら、いったいだれが患者を助けるのですか」

すずはだれの言葉も聞こえない様子で、両手で耳を押さえるようにして、座り込んだ。

「すず、落ち着くんだ」

市蔵がすずの肩に手を回すと、その手を払いのけて、立ち上がり、

「もう二度とこの診療所の敷居はまたぎません」

鬼の形相で、独庵にきっぱりと言ってのけた。

その間、独庵はずっと黙ってすずを見ていた。やめさせてもらいますという言葉にすら、顔色ひとつ変えなかった。ただただ、すずの怒りの様子をじっと眺めていた。

「先生、いいんですか」

市蔵が独庵に言うが、それでも黙って座ったままだった。

すずは勢いよく障子を開けると、そのまま外へ飛び出すように出ていってしまった。

静寂が診療所に漂い、独庵は自分の部屋で、目を閉じて座りつづけた。


久米吉が天水桶《てんすいおけ》の陰から、甚右衛門の屋敷の前を見張っている。

夜四つ（十時）を過ぎ、出ていく怪しい影があった。

数名で何やら大きな荷を運び出すと、大八車に乗せて、神田川のほうへ向かって行く。和泉橋《いずみばし》を渡り、柳原《やなぎわら》通りに出て、大川に向かっていく。

久米吉は付かず離れず、あとを追った。

両国橋《りようごくばし》あたりまでくると、すっかり人影もなくなった。

数名の男たちが、菰《こも》の包みを大八車から引きずりだして、大川に投げ入れた。

久米吉は大きさからして、遺体だと思った。

川に投げ込んでしまうと、男たちは四方に散らばり、消えて行った。

久米吉は、独庵のもとに急いだ。


「先生」

声をかけながら、独庵が寝ている部屋に入っていく。

縕袍《どてら》をかけて寝ている独庵が、驚いて起き上がる。

「どうした、久米吉」

「甚右衛門の遺体が、大川に投げ捨てられました」

「なんだと」

独庵は頭をかいた。

「先生が帰ったあと、あっしは言われた通り、ずっと甚右衛門の家を見張っておりました。すると夜四つ過ぎに、数名の男が菰に包んだ遺体のようなものを、大八車に載せて運び出して行きやした。いくらなんでも、主人が死んであんな運び方をするわけがない」

「というと、死んだのは甚右衛門ではないのか」

「おそらく。お滝の奴は、甚右衛門が死んだように見せかけたのではないでしょうか。その証人として、独庵先生を使おうとしたんですよ」

「甚右衛門の身代わりになる男の遺体を、私に見せて、甚右衛門の死を確認させたのだな。その遺体は大川に流して、死体を手早く始末してほとぼりが冷めるのを待つ。甚右衛門は死んでいない」

「なんのためにそんなことを仕組んだのでしょうか」

独庵は考えこんでいたが、指が宙を舞った。

「先生、何か」

「金だな。自分は死んだことにして江戸から金を持って姿を消すつもりだ」

独庵は甚右衛門の考えを見抜いたように思った。

「金は十分稼いだ。遠からず自分の悪行はばれる。つるし上げられる前に、逃げる時を狙っていたんでしょうか」

「お滝もそれに加わっていたとは、とんだ食わせ者だ。放ってはおけん」

独庵は腕組みをした。

「しかし、金をどうやって持ち出すかだな。千両箱にすればかなりの量であろう」

「そうですね。あれだけの屋敷を手に入れたのですから、千両箱をかついでというわけにはいかないでしょう」

「とにかく、甚右衛門を探し出すのだ」

「もちろんです、先生。あっしが探し出してみせます」

久米吉が目を輝かせた。

10

久米吉は翌日、知り合いの絵師から、芝居をやっているあやしい役者まで、あれこれ伝手《つて》を頼って甚右衛門の行方をあたってみた。仲間から話を聞きながら、甚右衛門の顔の特徴を聞き出し、似顔絵も描いた。しかし、まったく行方はわからない。

その日、独庵の診療所に馬助《うますけ》という男が訪ねてきた。若い割には背中が少し丸く曲がり、一見五十歳くらいに見えた。すずは診療所から出て行ったまま帰ってこない。市蔵が玄関で応対して、診療所の中に入れた。

「独庵先生に是非、聞いてもらいたい話があってやってきたんで」

「どうしたんだ。お前の病の話ではないのか」

「申し訳ねえ、あっしの話じゃないんで。あっしの娘のことで話がありまして」

「そうか、で、どんな具合なんだ。苦しんでいるのか」

「いや、死にました」

馬助はあっけらかんとして言った。

「どういうことだ」

「先生は金柑奇應薬を知っていると思いますが、甚右衛門という医者から、高い金で買ったんです。麻疹の特効薬と言ってやがったんで、あっしはそれを信じちまったんです」

「甚右衛門か」

「あんないんちきな薬を売って、それが効きもしねえのに、あんなでかい蔵のあるような屋敷まで建てて、まったく許せねえ。他にもあのいんちきな薬で、死んだ者もいるっていうじゃねえですか。独庵先生になんとかしてもらいてえんだ」

「私になんとかしろと言われてもなあ」

「つまり、成敗してくれってことで」

馬助は乗り出すように言った。

「私は奉行ではない」

「そんなこたあ、わかってます。お奉行様に訴えたところで、埒《らち》など明きやしやせん」

「おまえは知らぬのか。甚右衛門は死んだのだ」

「いや、生きている。先生とこの、久米吉とかいうお人が探し回っているのは、知ってまさあ」

独庵は白を切ってもむだだと観念した。

「確かに生きておる」

「江戸から逃げたんですかい」

「それはわからん。だから探しておる。おまえはどこにいると思う」

「奴のことだから、千両箱をしょって箱根《はこね》の峠でも越えてるんじゃねえですかい」

「箱根越えか、なるほど」

独庵は妙に感心している。

隣で聞いていた市蔵が、

「先生、まさかそう思っているんじゃないでしょうね」

「さて、どうかな。わかった馬助。私もさらに探してみる」

「じゃあ、成敗してくれるんで」

「そうはいかん。それとこれとは別だ」

馬助は、

「しかたがねえ」

と呟《つぶや》くと、診察室を出て行った。

「先生、何かお考えがありますね」

市蔵は独庵の考えを想像していた。

「甚右衛門はどこかの河岸《かし》にいるはずだ」

「河岸ですか」

「さすがに千両箱を背負って箱根は越えられん。船に積むはずだ」

「奴の屋敷から一番近い河岸はどこだ」

「神田山下町ですから、一番近い河岸は神田佐久間河岸《さくまがし》ですね」

市蔵が言った。

「よし、急ぐぞ」

独庵は市蔵を連れて、神田佐久間河岸に向かった。

途中で、久米吉が追ってきた。

「診療所に駆け込んだら、留守番役の爺さんがこっちへ向かったと言うもんで。神田佐久間河岸で甚右衛門の奉公人を見たという、あっしの仲間がいます。船で逃げるつもりのようです」

「やはりな」

独庵は早足になった。市蔵、久米吉も独庵に続いた。

途中で、独庵が、

「市蔵、おまえは奉行所へ連絡を取れ」

振り返りながら言った。

「わかりました」

市蔵は大事に抱えていた独庵の愛刀を久米吉に託すと、来た道を戻るようにして走り出した。まだ陽は少し傾いただけだ。

「あそこです」

久米吉が先に怪しい男たちを見つけた。千両箱らしきものを船に運びこんでいる。

久米吉は甚右衛門の人相をしっかり頭の中に入れていたので、それを見分けることができた。

「あいつです」

男たちの奥で座っているのが甚右衛門だ。

久米吉が叫んだ。

こんな日中にどうどうと千両箱を人目にさらすとはおそれいってしまうが、むしろ白昼堂々とやるほうが怪しまれないと思ったのであろう。

満開の桜が散り始め、風に舞って花吹雪となっている。

独庵は久米吉から刀を受け取り、素早く引き抜くと、下段に構えたまま走り出した。

きらりと刃《やいば》が春の日差しを反射した。

甚右衛門を人溜《ひとだ》まりの中に見つけると、一気に斬り込む。周囲にいた男たちが、独庵のその迫力に押されて、逃げ出した。

千両箱に囲まれた甚右衛門がいた。

「私は浅草諏訪町の独庵だ。甚右衛門、とんだ逃げ方を考えたな。女房にあれだけの演技をさせれば、逃げ切れると思ったか」

「きさまが独庵か、余計なまねをしおって」

甚右衛門は恬《てん》として恥じるところがない。

「お前の間違った治療がどれほど助かる生命を死なせたことか。患者を死なせて金を稼ぐとは、医者の風上にも置けない。奉行所からそろそろ人が来るころだ。吟味がいいか、ここで私に斬られるのがいいか」

独庵が言い終わらないうちに、甚右衛門の脇にいた用心棒らしき浪人が斬りかかってきた。

「きえーっ」

裂帛《れっぱく》の気合いを発した独庵のすさまじい膂力《りょりょく》が、浪人の刀を弾《はじ》き飛ばした。

そのすきを狙って甚右衛門が短刀を独庵に投げつけた。

その時、風がふたりの間を走り抜け、花吹雪が舞った。

舞い上がった一枚の桜の花びらが、甚右衛門の額に張り付いた。

独庵の刀は甚右衛門の短刀を彼方《かなた》に弾いて、桜の花びらともども甚右衛門の額を真っ二つに割った。

桜の花びらは血に染まりながら、二片になって宙に舞った。

遠くから奉行所の役人たちが走ってくる。

独庵は刀を収め、久米吉に渡した。

「甚右衛門、看取ってやったぞ」

それだけ言うと、診療所に向かって歩き出した。

11

独庵は診療所にやってきた浪人の患者を診ていた。金創《きんそう》で、出血はひどくなかったが、縫う必要があり、傷口を塞いでいた。

「先生、いつもながらあざやかな手さばきでございます」

市蔵が感心したように言った。

「いまさらなにを言う。今度はおまえが縫うのだ」

「えっ、私がですか」

「そうだ」

市蔵は独庵に促されて、糸のついた針を持ってかまえた。まだ全部閉じていない傷口に針を刺す。

「痛っ」

浪人が大声を出した。

「独庵先生が縫っていたときは、何も感じなかったのに、なんで見習いのお前が縫うと痛いんだ」

浪人は顔をしかめている。

「文句を言うな。ただで治してやっておるのだからな」

「すみません」

市蔵は謝るが、

「そんなことは気にするな、針を刺せば痛いにきまっておる」

独庵は市蔵を励ますように言った。

独庵は浪人の文句など全く気にしていない。市蔵が気を取り直して、また縫い始める。

その時だった。

「ごめんください」

女の声が木戸の向こうでした。

だれの声か、独庵にはすぐにわかった。

市蔵がまだ処置をしていたので、代わりに独庵が木戸まで行った。

木戸を開けると、すずが立っていた。

「帰って参りました」

「そうか」

独庵はただそれだけ言った。

「わけを聞かないのでしょうか。黙って出て行った女中が戻ってきても」

「聞く必要がない」

「どうしてでしょうか」

「戻ってきたということは、ここでまた働きたいということであろう」

「はい。また、いままで通り働かせてください」

独庵は頷いて、先に診察室へ戻っていく。

すずは独庵を追うように、診療所の中へ入った。

傷の処置を終えた市蔵が、すずの姿を目にするとにやりとして、

「すず、帰ってきたか」

と、呟いた。

「またよろしくお願いします」

すずは市蔵にぺこりと頭を下げた。

「また、よろしくな」

「お滝さんはどうなったか、市蔵さんはご存じありませんか」

すずが気がかりそうに訊いた。市蔵は首を振った。

独庵が答える。

「お滝は、遠島になったそうだ」

「甚右衛門と共謀していたお滝が死罪にならないのはおかしいですね」

市蔵は納得がいかないような顔をして言った。

「そのわけは、すずが知っているのではないか」

独庵はすずの顔を見た。

「もしかして……ああ、あのお金のことですね」

「あの金とはなんだ」

市蔵が訊く。

「実はお滝さんは、金柑奇應薬を買うときに支払ったお金を、患者さんに戻していたのです」

「どういうことだ」

市蔵にはさっぱりわからない。

「私が麻疹になったときに、うちのおとっつぁんは金柑奇應薬を買うために二両も払っていましたが、その数日後にお滝さんが金を持って現れて、全額耳をそろえて置いていったのです」

「なんと、自分の旦那の悪事を、裏では女房が収めようとしていたとは」

市蔵は感心している。

「夫の悪事は見過ごせないという演技はまんざら嘘《うそ》ではなく、お滝の本音でもあったのだろう。そうでなければ、あれほどのことは言えまい。しかし、夫は夫、見捨てることができなかった。その悪事に荷担しながら、金を戻すことで相殺しようとしていたのだ。北町奉行の黒川様も、それを知っての吟味だったのだろう」

独庵は腕組みをしたまま、答えた。

「私にはお滝さんの気持ちがよくわかりません」

すずは、まだ納得がいかないようだった。

「すず、女の心は病同様、一筋縄ではいかぬということさ」

「どういうことですか」

「いずれわかる時がくる」

独庵はにやりとすると、日差しが強くなってきた中庭に出て、木刀を振り始めた。

第三話　出島（夏）

1

診療所の中庭に咲いた白い玉簪《たまのかんざし》の花が、暑さでぐったりと首を下げていた。

ドン、と一度、潜戸《くぐりど》を叩《たた》いたような音がして、そのまま静けさが戻った。

すずが慌てて見に行くと、人が倒れていた。

「もし、どうなさいました」

すずが男の肩を揺すってみる。男のからだは火照っていて、かなり熱がありそうだ。

「ちょっと待っててくださいな」

そんな容態を見ても、すずは冷静だった。さすがにそこは診療所に勤め、多くの患者を見てきただけのことはあった。

すずに呼ばれた独庵と市蔵が木戸の前に立ったときには、男は横になったまま目を開けていた。

「とにかく、中へ運べ」

独庵は市蔵に言った。

市蔵が男に肩を貸し、すずも横で支えて、なんとか男を立たせて、歩かせた。

少しの間、外にいるだけでも、市蔵もすずも汗びっしょりになった。男を待合室の上がり框《かまち》に寝かせた。

「名はなんという」

独庵が顔をのぞき込むように言った。紋付きの着物を着て、身なりはしっかりしていた。四十前後だろうか。

「もっ、申し訳ない。私は長崎《ながさき》の出島《でじま》で通詞《つうじ》をしておる山野《やまの》十兵衛《じゅうべえ》と申します」

苦しそうだが、なんとか返事をした。

「長崎からいらしたのか」

独庵は「長崎」と聞いて、懐かしい気持ちになっていた。

大きく息をして男がさらに言う。

「独庵先生はご存じかと思いますが、父は多吉郎《たきちろう》といいます」

多吉郎と聞いて、独庵の記憶は二十数年前に戻った。一年間の長崎遊学時にたいそう世話になり、和蘭語《オランダご》を熱心に教えてくれた山野多吉郎を思い出した。

「なんと多吉郎殿のご子息か。道中大変であっただろう」

独庵が驚いて、もう一度十兵衛の顔を見ると、なんとなく父親多吉郎の面影があるような気がした。

「出島のカピタン（商館長）、エンベリーの参府に随行《ずいこう》しました」

それ以上しゃべり続けるのが大儀そうだった。

「わかった。詳しいことはあとで聞く、いまは休め」

独庵は多めの水を飲ませて、しばらく寝かせておくことにした。

「そのまま動かさぬ方がいい。それまで待合室で寝かせておけ」

独庵は市蔵にそう言って、自分の控え室に行ってしまった。

「長崎から来たのか」

市蔵は感心したように十兵衛の寝顔をしげしげと見ている。

「私も一度は長崎で医学を学んでみたい。一人前の医者になるなら長崎へ遊学しないとだめだ」

長崎と聞いて、市蔵は自分の思いをすずに打ち明けた。

「独庵先生から学ぶことはまだたくさんあるでしょう」

「もちろん、それはそうだが……長崎か」

市蔵はもう一度、十兵衛の顔を眺めた。

「市蔵さんの思い、きっと叶《かな》いますよ。でも、今はまだここで勉強する時ではないですか」

すずにそう言われて、我に返った。

「余計なことを言ってしまった。独庵先生には黙っていてくれ」

「心得ています」

すずは、市蔵の長崎に憧れる気持ちが十分わかったが、そんな野心を持っていたのだと驚いた。

四半刻《しはんとき》すると、十兵衛は目を覚まし、自分で起き上がれるようになった。

「むぎ湯をどうぞ」

すずが少し冷ましたむぎ湯を持ってくる。

「ありがたい」

十兵衛は起き上がって、茶碗《ちゃわん》に入ったむぎ湯をうまそうに飲み干した。

独庵が待合室に入ってきた。

「ようやく、落ち着いたかな。私が長崎にいたとき、父君の多吉郎殿には、本当にお世話になった。和蘭語が少しわかるのも、あの一年間の勉学のおかげだ。そのご子息とは……」

十兵衛の額に手を当て、熱の下がったのを確かめている。

「江戸に来てから、熱が下がらなくて困っていると父に話したところ、独庵先生に診てもらえと言われ、なんとかここまでやって参りました」

「で、どれほど熱が続いているのか」

独庵は十兵衛の顔色や皮膚のつやなど詳しく見ている。

「熱が出て四日目でございます。カピタンが公方《くぼう》様に謁見《えっけん》する際に、大通詞《おおつうじ》をつとめます。カピタンは明日、公方様に謁見します。私の熱が治まらなければ同席できず、通詞として役に立たないばかりか、長崎にも迷惑がかかります」

「和蘭の薬でもだめだったのか」

独庵が訊《き》いた。

「はい、カピタンの和蘭の薬でも熱が下がりません。一時はいいのですが、すぐにまた熱が上がってきます」

「それは困った話だな。感冒《かんぼう》のようなものであれば、数日で熱は下がってしまうだろうが、熱の期間が長いな。道中、何か変わったものは食べていないか」

「カピタンも私たちも、食事には十分に気を遣うように、長崎奉行からも言われておりますので。それに途中の宿もすべて定宿ですので、食事を出すほうもかなり気遣いしているると思います。生ものは決して口にしてはいけないと言われております」

「そうであろうな。参府の道中、カピタンに何かあれば大事《おおごと》だろうからな。他に何か思い当たることはないか。例えば怪我《けが》をしたとか」

独庵は十兵衛の顔をじっと見た。十兵衛は患いが長いせいか、顔がこけていて、消耗しているのがわかる。唇もかなり干からびている。

「道中、擦り傷などはしょっちゅうでございますが、大きな怪我はございません」

「そうか、この暑い中、歩くのは大変ではないか。水は十分に摂《と》っていたか」

「それはとくに気をつけておりまして、宿場まで水が足りなくなると困るので、水樽《みずだる》はいつも持ち歩いております」

「なんども参府しているから、十分な用意はしてきているのであろうな」

独庵はもう一度、発熱の原因となる病を頭の中に浮かべて、何か手がかりをつかもうとした。

「参府の道はいつもと同じだったのか」

「はい、さようでございます。参府の道中は厳しく決められておりまして、勝手な道を行くことはできません」

それでも十兵衛は何か診断に役立てばと思い、江戸までの道を思い返した。

「道は勝手に変えられないとしても、ひどく遠回りでなければ、どこかに寄ることはできるのではないか」

「はい。確かに多少の寄り道は許されております。というのもカピタンは日本の植物を集めておりまして、長崎から江戸に来る道すがら、いろいろな土地で植物を採取してまいりました」

「そうか、カピタンは日本の植物に興味があるのか」

「とくに今度みえたエンベリーは、日本の薬草を集めたいようなのです」

「今回のような参府は日本各地を見ることができる絶好の時だろう」

「しかし、なかなか自由に採取できないので、カピタンも不満があるようです。そこで、できる限り、私が周辺の植物を探しながら来たのです」

出島で暮らす歴代のカピタンたちが植物の研究に熱心なことは、独庵もよく知っていた。

独庵が長崎に遊学していたときに、聞いた話を思い出した。

あるカピタンは出島から外へ出て、植物を調べることができないので、ある方法を思いつく。出島で飼っていた鶏の飼料の中に入っている種を栽培して、日《ひ》の本《もと》の植物を調べようとした。それくらいカピタンの植物への好奇心は強かったのだ。

「山陽街道では、帯同してきた曽根《そね》屋の義助《ぎすけ》という男が、備後《びんご》の藪萱草《やぶかんぞう》は珍しい薬草だから採取したほうがいいと言うので、すこし道は逸れましたが、安那郡川南村《やすなぐんかわみなみむら》の片山《かたやま》というところに参りました」

藪萱草は日本全国で見られる草で、百合《ゆり》に似た花を付ける。紡錘《ぼうすい》状に連なった根は、生薬「萱草根」で、利尿、涼血、消炎、止血薬として使われている。

「通詞だけでなく、そんなことまでやらねばならないとは、カピタンのお供はなかなか大変なことだな」

独庵は十兵衛の気苦労を察した。

「そこの小高い山に寄りまして、私が藪萱草を採取しました」

「藪の中に入ったというわけだな」

独庵の目がキラリと光り、指先が宙で円を描いた。

「なにか関わりがあるのでございましょうか」

市蔵は独庵を食い入るように見た。

「とにかく診察をしてみよう」

十兵衛を寝かせると、着物をはだけて、胸と腹を診た。とくに何もなかった。ところが太ももに、赤く腫れ上がっているところがあり、よくみるとなにやら虫に刺されたようなあとが数カ所見つかった。

「ここはかゆくないか」

独庵は腫れをつまむようにして触れた。

「ひどく痛がゆいです」

「なるほど」

「いま他には症状はないのか」

「少し腹を下しております」

「そうか」

再び独庵は考え込んだ。医者は自分の知識だけで病を診断しても、所詮《しょせん》、知っている病しか思いつかない。見たことのない病を前にすると、自分の知っている病に結びつけようとする。それが往々にして誤診を生む。しかし、独庵はそうではなかった。

見たことのない病に対峙《たいじ》したときこそ、医者としてもっとも幸運な時だと肝に銘じていた。

自分が医者として、目の前の病をどう考えていくかを試されるときであった。多くの医者はそこから先を考えることはしなかった。

「脚の皮膚の腫れを見ると、三つのことを考えねばならない」

「三つと申されますと……」

独庵は慎重だった。

「ひとつは、自分のからだからの毒素だ。これは食い物が原因となる。さっき生ものなどは避けてきたと言っているし、食い物であれば、他に同じものを食べた人も似たような症状が出るはずだ」

「この症状があるのは、私だけでございます」

「そうか、もうひとつはからだの外にあるものが原因だ」

「どういうことでございますか」

「簡単に言えば漆のようなものに触っていれば、この腫れが起きてもおかしくないだろう」

「漆の木は私もよく知っておりますが、それには触っておりませんし、脚は着物で隠れておりましたから、何かに脚が触るということはないと思います」

「最後は特別な虫のようなものが原因だ。蚊に刺されても同じようになることもある」

「蚊のような虫はおりませんでした」

「もっとも蚊に刺されただけでは、こんな変化は起こらないだろうから、もっと別な虫のようなものかもしれん」

「虫はいたかもしれません。あちこちの藪で脚を水につけておりました」

「水につかっていた脚に脚絆《きゃはん》のようなものは付けていなかったか」

「水に入るかもしれないと思い、脱いでおりました」

「そうか」

独庵はぐっと乗り出して、再び考えこんだ。そして、もう一度十兵衛の脚を見た。

「脚の皮膚をよく見ると、小さい点が四カ所、続いている。こういう続きかたは、虫が刺したあとだ。それに虫が刺しただけではなく、からだに小さい虫が入ってしまう『蚘虫《はらむし》』という病がある。そういった虫は、多くは食べた野菜などと一緒に体内に入ってくるが、十兵衛殿の赤く腫れた太ももの場合、皮膚から何か小さな虫が入ったかもしれん」

「虫ですか」

十兵衛は驚いて、独庵の顔を見た。

「こういった小さい虫が起こす病は、この国にまだまだたくさんあるのだろう。症状だけから考えれば恙虫《つつがむし》かもしれん。しかし、恙虫は出羽《でわ》の国に多い。十兵衛殿が藪に入った備後のあたりに恙虫がいると聞いたことはない」

日本国内の医学情報をまだ十分知ることのできない時代である、僅かな糸口から推測するしかなかった。

とにかく独庵には、いままで診たことのない病だとわかった。

「独庵先生、この熱は下がるのでしょうか」

「うまくすれば、症状は落ち着くかもしれん。ただ虫だとすれば注意深く症状を見ていく必要がある。ひとまず熱さえ下がれば、江戸での通詞の仕事はできるのではないか」

「はい。とにかく謁見の時に私が同伴できれば、それだけで十分でございます」

「そうか、ではこの薬を飲んでみてくれ」

市蔵が持ってきた薬箱から、解熱薬を出して、手渡した。

「まことにありがとうございます」

十兵衛は起き上がって頭を下げた。すずが湯ざましを持ってきたので、それを申し訳なさそうに両手で受け取った。解熱薬を顔をしかめて口に入れると、茶碗の湯で流し込んだ。あまりに苦そうな顔をしていたので、すずが笑っている。

「薬が効くまで診療所で休んでいくがいい」

独庵が念を押すように言った。

「それでは、少し休ませていただきます」

十兵衛はまだ苦しそうな顔をしていた。

「すず、粥《かゆ》を作ってやれ。市蔵は奥の部屋に十兵衛殿を連れていき、しばらく様子を見ていろ」

独庵が指示を出した。

「十兵衛殿、まずは部屋まで参りましょう」

市蔵が十兵衛を部屋に案内しようとする。

十兵衛は頭を下げ、立ち上がった。その一瞬、ふらっとよろけて倒れそうになる。

「まだ無理をするでないぞ」

独庵が言った。市蔵は十兵衛に付き添ってゆっくり歩いていった。

十兵衛が一刻ほど部屋で横になっていると、熱が下がった。十兵衛が立ち上がろう

とすると、

「まだ、お休みください」

　市蔵が制した。

「すぐに起き上がらないほうがいいかと思います」

「いやいや、そうもしていられないのだ。カピタンのところに戻らないといけない。カピタンが不自由しているはずだ」

　十兵衛は起き上がり一度座って呼吸を整え、ゆっくりと立ち上がった。少しよろけながら歩き出したので、市蔵が手を貸そうとすると、

「大丈夫です」

　気丈に振る舞い、控え室までなんとか行った。

「だいぶ、気分もよくなりました。日本橋の宿に帰らせていただきます。私がおりませんと、カピタンも困っていると思いますので」

　独庵に説明した。

「通詞は休んではいられないか。大変だな」

　独庵はねぎらった。

「お気遣い感謝いたします」

十兵衛は診療所をあとにした。

2

翌日夕方になって、すずが打ち水を門のあたりに撒《ま》いていると、

「昨日は世話になった」

十兵衛が元気そうな顔で現れた。きりりとした目だった。

「まあ、別人のようですね。元気そうで安心しました」

「お礼にと名物の南蛮菓子《なんばんがし》の鶏卵素麵《そうめん》をお持ちした」

「まあ、聞いたことはありますが、食べたことはありません。独庵先生にまずはお見せしないと。中へどうぞ」

すずは十兵衛を診療所の中に案内して、待合室で待たせた。

しばらくして独庵が現れた。

「元気そうではないか、よかった」

独庵は十兵衛の顔を見て安心したように言った。

「長崎の名物鶏卵素麵をお持ちしました」

「ほう、それは貴重なものを。長崎にいたとき聞いたことはあるが、食べたことはない」

「ではぜひ。葡萄牙《ポルトガル》の商人が肥前《ひぜん》の平戸《ひらど》に伝えたといわれる菓子でございます」

十兵衛が差し出した包みを広げると、黄色の素麺のようなお菓子が出てきた。すずに言って箸を二膳《にぜん》持ってこさせると、独庵が「どれ」と言いながら口に入れた。

「これは甘い。すずも食べろ」

すずも、鶏卵素麺を箸で持ち上げて口に入れる。

「なんと、甘い」

笑顔がこぼれている。

「ところで今日伺ったのは、昨日のお礼もありますが、別の相談もありまして」

口を動かしながら、十兵衛の話を独庵は聞いている。

「どんなことかな」

「私の父、山野多吉郎のことでございます」

「もしや、何か病なのか」

「医者に先はそれほど長くないと言われております。私は同席できませんが、江戸の名医である独庵先生に一度診ていただければ、父も喜ぶと思いましてお願いに上がりました」

「どんな病だと言われているのだ」

「労咳《ろうがい》でございます。三年ほど患っておりましたが、私が江戸に戻るまで頑張っていたようでして。ご存じのように通詞は江戸と長崎におります。父は江戸番大通詞《おおつうじ》として、江戸におります」

「そうであったな」

「労咳がひどくなる前は、役目で登城しておりました」

「それほど元気であれば、いますぐどうこうなるとはかぎらんだろう」

「しかし、船曳照影《ふなびきしょうえい》先生がそうおっしゃるものですから」

照影と聞いて、独庵も反論がしにくくなった。というのも船曳照影は労咳を専門に見る医者として、江戸ではその名が知れ渡っていたからだ。

「あの照影先生がそう見立てるなら、それほど先は長くはないかもしれんな」

「私はいまから、カピタンに付き添って城内に行かねばなりません。是非、独庵先生にお見立てをお願いいたします。これは父の希望でもあるのです。独庵先生が長崎で勉学をなさっていた時期、先生が優秀なことを父は見抜いておりました。いまの江戸での名声もよく知っておりまして、こうやって参ったわけです」

深々と頭を下げる十兵衛の姿を見ていた独庵は、通詞の仕事を優先させねばならない十兵衛の難しい立場も十分にわかった。

「よくわかりました。お父上のところに参りましょう」

独庵は快諾した。

「ありがたいことです」

もう一度十兵衛は頭を下げた。

長崎から出てきて、通詞の仕事に追われ、父親を十分看病できない十兵衛の境遇に、独庵は同情した。というのも、自分も長崎に遊学していたときに、仙台で父親が死んでいたからだった。

人生には、さまざまな機会がある。しかし、「今」を活《い》かさねば必ず後悔するとわかるときがある。あのときなぜとあとで考えるより、今を活かす、それがどれだけ重要か、独庵には痛いほどわかっていた。

3

夏の日差しは容赦なく照りつけていた。

その中を、独庵は十兵衛がよこした迎えの駕籠《かご》に乗って、多吉郎が住む神田錦町《にしきちょう》の屋敷に出向いた。

屋敷の門の前には、妻らしい老女が立って出迎えた。

「独庵先生にこんなむさ苦しい家に来ていただき、誠にありがとうございます。多吉郎の妻、富美《ふみ》でございます」

駕籠から降りて、

「私、浅草諏訪町で医者をしております独庵と申します。多吉郎殿には昔、長崎でお世話になっております」

独庵が言うと、

「独庵先生、よく覚えております。そんな堅苦しい挨拶はご無用です」

富美は笑っている。

「そうでしたか、奥様は私の事を覚えていらっしゃるのですか」

「はい、もう少し痩せてはいましたが、医学の勉学に熱心だったことを、忘れはいたしません」

「なんともお恥ずかしい」

珍しく独庵は照れて、頭をかいた。

「今日は息子の希望を聞いていただき感謝しております」

「私にできることがあれば、お力になりたいと思い、やって参りました」

「こんなところで立ち話になってしまいました。どうぞ中へ、主人も待っておりますので」

独庵は富美に促されて、門を潜り、屋敷の中に入った。

通詞は世襲制で、十兵衛は三代目であった。

「多吉郎殿が江戸にいらしたことは知っておりましたが、ご挨拶もせずに時が経《た》ってしまいました」

独庵は玄関で富美に言った。

「お忙しい先生ですから、無理もございません」

「多吉郎殿はなぜ江戸にいらしたのでしょうか」

「ご存じのように長崎出島で年番《ねんばん》通詞をしておりました。前任のカピタンの謁見に江戸番通詞として随行参府した折、城内で和蘭語を学びたいという声が上がりました。その頃は、和蘭語はごく限られた人しか学べなかったのですが、城内や江戸のお医者様からの要望を公方様がお認めになり、主人は通詞としての役を果たしながら、和蘭語の塾を開いたのです」

「そうでしたか、さぞかしご苦労も多かったことでしょう」

「はい、いろいろ大変でございました。先生、さっそくですが、診ていただけますか」

富美のあとについて、長い廊下を歩いた。富美が障子を開けて、独庵を中に入れる。部屋の真ん中に布団が敷いてあり、そこに多吉郎が寝ていた。ごほごほと苦しそうな咳をしている。

「多吉郎殿、独庵でございます。覚えていらっしゃいますか」

多吉郎が何か言おうとするが、咳《せき》が出て言葉にならない。

「ご無理なさらずに」

確かに末期の労咳だと独庵にも見えた。

「おう、もちろんよく覚えておる。独庵殿は長崎で勉学していたとき、他の医者どもが足元にも及ばないほど優秀だったからな。こたびは、わざわざ往診してもらい申し訳ない。わしはもう先は見えておる。これ以上、家族の者に迷惑をかけるのは、よろしくない」

「いやいや多吉郎殿、病は気からと教えてくださったのは先生ですぞ」

多吉郎は目を閉じてしまい、しばらく黙っていた。その間、咳だけが時々出ている。

息はかなり荒く苦しそうだ。

しばらくして、またしゃべりだした。

「独庵殿、先生をお呼びしたのには、わけがあるのだ。十兵衛には、江戸の名医の独庵先生に診てもらえと言っておいたが、こちらにお呼びしたわけは別にあってな」

「いったい、なんでしょうか」

「先生の江戸での名声と長崎での勉学への謙虚さ、それを見込んでいるからこそ、ぜひ頼みがある。これを受け取っていただきたい」

多吉郎は布団の下に手を入れ、風呂敷に包まれたものを取り出した。独庵にほどくように目配せした。

「何か大事な証文ですか」

そういいながら独庵が風呂敷の中から、本のようなものを取り出した。

「それには私が長崎にいたとき、通詞として働いて、見聞きしたあれこれが書いてある。カピタンから和蘭の医学も学んだ。またとない貴重な経験だった。ただ、ひとつ気がかりがあってな。長崎奉行の笹峯幸三郎《ささみねこうざぶろう》様と大店《おおだな》曽根屋の泉谷千吉《いずみやせんきち》のことがずっと心に引っかかっていたのだ」

「といいますと、何か厄介事でもあったのでしょうか」

「お察しの通りだ」

多吉郎がこくんと頷いた。

「独庵殿、御調物《おしらべもの》のことはご存じであろう」

「はい、長崎奉行は輸入品を御調物と称し、関税免除で購入する特権があると聞いています」

「そうなのだ。幕閣のお歴々もそのことは知っていたはずであるが、お目こぼしとして、慣習のようになっていた。輸入品を京や大坂で転売すれば、莫大《ばくだい》な利益を得られる。だからみな長崎奉行になりたがるのだ」

「なるほど、江戸から離れた任地でありながら、金銭的には優遇されていたようなものですな」

独庵はあれほど苦しそうにしていた多吉郎が、長崎奉行の損得に話が及ぶと別人のようにしっかり話すので、驚くと同時に、よほど自分に伝えたいことがあるのだろうと察した。

多吉郎はふたたび呼吸が荒くなり、深呼吸を何度もして、呼吸を落ち着かせた。

ゴホゴホと嫌な咳を繰り返し、ようやく落ち着くと、また話し出す。

「長崎奉行の御調物はお目こぼしになっていたのでいいのだが、長崎奉行に取り入り御調物の販売を一手に引き受けて、大儲《おおもう》けをしている曽根屋の泉谷千吉がそれを元手にとんでもないことに手を出している」

「そういったことは長崎奉行に言えばいいのではないですか」

「実は申し上げた。だが、まったく相手にされなかった。通詞の言うことなど歯牙《しが》にもかけん」

「そうでしたか」

独庵は腕組みをした。

「独庵殿、千吉の悪事はそこに詳しく書いてある。江戸町奉行所を通じて、ご老中に通じるよう取り計らってもらえないだろうか」

独庵は冊子を、めくって確かめるように読んでいく。

「これには千吉の金の動きがすべて書かれていると」

「さよう。ぜひ先生に預かっていただきたい」

そう言って、またゴホゴホと咳をした。

「これは十兵衛殿に託したほうがいいのではないですか」

「いや、十兵衛を巻き込むのは避けたい。それに、わしが許せんのは御調物によるぼろ儲けだけではないのだ」

「どういうことでしょう」

「その金の使い道だ。長崎の丸山《まるやま》遊郭へ女を紹介する女衒《ぜげん》に金を貸し付けていたのだ。丸山遊郭は土地柄、日本人以外に和蘭人、唐人の相方も斡旋《あっせん》する。そのような女を金で買い集めていたのだ」

「そんなことまでしていたとは」

「曽根屋は単に御調物を大坂や京で高く売っていただけでなく、人買いの金貸しから輸入薬の独占販売まで手がけている」

「そこまで手を広げているとなると、長崎奉行もうかつに手は出せないでしょう」

「そうなのだ。長崎奉行所は首根っこを千吉に摑《つか》まれたようなものだ」

多吉郎は苦しそうに言った。

「よくわかりました。もうこれ以上、話は辛《つら》いでしょう、どうぞお休みください」

独庵は見かねて言った。

「それではこれを受け取っていただけると」

多吉郎は念を押した。

「はい。私が責任を持って預からせていただきます」

独庵は頭を下げ、その包みを押し頂いた。ここは受け取るしか、多吉郎を安心させる方法はない。

とにかく一旦受け取り、この場は引き下がることにした。

4

独庵は浅草諏訪町の診療所に戻ると、控え室に入って、先ほど多吉郎から渡された冊子を手に取って読み始めた。

日付と出来事、金の動きなど実に詳しく書かれている。それに千吉だけではなく、今回十兵衛が帯同してきた千吉の息子義助も、父親と同じように、御調物を大坂で売っている。これは親子二代にわたっての記録だった。これが幕閣に渡れば、さすがにお目こぼしでは通らなくなる。罪が問われるのは義助だけでなく、長崎奉行にも累《るい》が及んでしまいそうだった。

本を閉じて久米吉を呼んだ。

廊下で待っていたかのように、すーっと障子が開いて、久米吉が入ってきた。

「市蔵から昨日の十兵衛殿の件は聞き及んでいるとは思うが、さらに厄介事が持ち上がってきた」

「といいますと」

「十兵衛殿の父君の多吉郎殿に、さきほど会ってきた。私が長崎にいたとき世話になった方だ。そこでこの冊子を手渡された」

「それは、なんでございましょう」

「長崎の大店の曽根屋の悪行が書かれている。いまその大店の若旦那である義助も、十兵衛に同行して江戸にいる」

「なぜ、大店の若旦那が、長崎からわざわざ江戸までやってきたんでしょうか」

久米吉は身を乗り出すようにして訊《き》いた。

「そこだ、ただの物見遊山ではあるまい。江戸に出店でも考えているのかもしれないが、私には別のわけがあるように思える。少し泉谷義助を探ってもらえないか」

「わかりやした。ただその悪行が冊子に書かれているとおりであれば、そのまま北町奉行に出せばいいのではないかとあっしは思いますが」

久米吉はどうも解せないという顔をしている。

「そうであろう。私もそう思う。しかし、よくよく考えると、これは義助だけですむ話ではない。長崎奉行にも影響が及んでしまうのだ」

「長崎奉行であろうと、悪行があるなら北町奉行の黒川様にお伝えするほうがいいと思いやすが」

久米吉には独庵が憂悶《ゆうもん》するわけが理解できないようだ。

「久米吉、そこをよく考えて欲しいと多吉郎殿は私に訴えているように思うのだ」

「そうでございますか。あっしにはよくわからない話でございます」

「とにかく少し義助を追ってみてくれ」

「わかりました」

片膝をつき久米吉は頭を下げると、障子に手をかけた。

障子が開いたと同時に久米吉の姿が消えていた。

5

「大旦那はおられるか」

独庵が甲州屋の潜戸の前で大声を出した。

「お待ちください」

門番の声がした。外に立っているだけでも汗が噴き出してくる。打ち水がしてあったのだろうが、すでにすっかり乾いていた。

潜戸が開き、門番が独庵の顔を確かめるように見ると、屋敷内に招いた。

「主人はいま所用ですぐにはお会いできません」

「馬鹿を言うな。どうせ昼寝でもしているのだろう」

独庵は、ずんずん中に入って行き、玄関で屋内をのぞき込んだ。

「昼寝もおちおちできないな」

甲州屋主人の伊三郎が伸びをしながら出てきた。白髭《しろひげ》をたくわえ、白髪頭はぼさぼさである。本当に寝ていたのであろう。

「相談があって参った」

独庵が半分寝ぼけたような顔をしている伊三郎に言った。それを聞いて、目が覚めたのか急にキリリとした顔になった。

「まあ、よくいろいろ相談を思いつくものだ」

呆《あき》れたように伊三郎が言う。

「医学は常に進歩しているからな、あんたとちがって医者は昼寝をしている暇などないのだ」

独庵が笑いながら言った。

「おや、市蔵さんから独庵先生はしょっちゅう昼寝すると聞いておるぞ」

「まあ、そういう時もあろう」

「で、今日は何の相談だ」

「医学をもっと学びたくてな」

二人は廊下を歩きながら腹の中をさぐるようにして、庭の見える客間に入った。

向かい合わせに座ると、

「いまさら医学のなにを学ぼうというのだ」

伊三郎はまた無心に来たかと察して、呆れている。

伊三郎は独庵に商いの悪事を知られていて、事あるごとに北町奉行に注進すると脅されている。だから、独庵の無心をそう簡単に断れないのだ。以前も、診断をするためにどうしても顕微鏡が欲しいと言われるまま、五両を貸していた。もちろん建前では貸しているが、伊三郎は金が返ってくるとは思っていない。もっとも、独庵が無心に来たときには、医学のためや患者のために金を使うことはわかっているので、独庵に金を貸せば、多少なりとも世のために金が廻《まわ》ると思っていた。

「医学書が買いたくなった」

「ほう」

伊三郎は天井を見上げて、すっとぼけた声を上げた。

「いま、相談を受けている患者の病がはっきりしない。詳しく調べるにはどうしても必要なのだ。この本がなかなか手に入らない、伊三郎殿の力でなんとかならないだろうか」

「なんと金ではなく、今日は本とな」

伊三郎は笑っている。

「伊三郎殿の商いは幅広いであろうから、医学書の一冊などどうということはないだろう」

甲州屋は名の通り、出は甲州である。駿河湾《するがわん》から魚を新鮮なまま運ぶ限界の距離を魚尻点《うおじりてん》と言う。駿河湾で鮪《まぐろ》が豊富に獲《と》れたので、魚尻点だった甲府《こうふ》まで運送する仕事で成功した。その後、海のない甲州でありながら廻船《かいせん》問屋として江戸に出てきた。今では商売になれば大坂から何でも運んでいた。だから、独庵は伊三郎が何でも手に入れられることを知っていたのだ。

「先生の仕事に役立つのだな」

「もちろんだ」

「二日くれ、探してみる」

書名を確かめるや、伊三郎は即答した。

「さすがだな。やはり財を成す商人《あきんど》は仕事が早い」

「で、独庵殿、わかっておるだろうな」

簡単に相談ごとを受け入れたからには、必ず、伊三郎から例の話が出るのはわかっていた。

「わかっておる。いまのこの仕事が片付けば……」

「また、『八百善』でよろしくな」

伊三郎はさらりと言った。大年増《おおどしま》のお雪とたまには食事をしてくれということだった。

独庵は軽く頷き、庭に目をやった。

「あいにく今日はお雪がでかけておってな」

独庵の気持ちをさぐるように言った。

「そうでしたか、それは残念ですな」

「ほう、ようやくそんな気持ちになってきましたか」

伊三郎が独庵の顔をじっと見入った。

「いやいや本当にそう思うのです」

「『八百善』の松皮《まつかわ》しんじょが効いたようだな。ははは」

大声で笑う伊三郎の顔を見て、独庵は頭をかいた。

「ついでといってはなんだが、もうひとつ頼みがある」

それを聞いた伊三郎の顔が真顔に戻る。

「やはり金か」

「いやいや、屋形船を借りたい」

「ほう、夏の大川を船で夕涼みか」

さすがの伊三郎も、いい身分だな、とまでは言わなかった。

「まあ、そういうことだ。診療所の連中にもいろいろ苦労をかけているから、たまには、船にでも乗せ、気散《きさん》じをさせないとな」

「ふん、気散じな。まあ、いいでしょう。うちの屋形船を出しましょう」

「日取りのほうは、また、すずにでも連絡させるので」

独庵は満足したように、ゆっくり甲州屋を出ていった。

三日後、甲州屋の番頭が独庵の診療所に現れ、すずに本を渡した。

すずが独庵のところに持って行くと、

「さすが、甲州屋」

笑いながら本を受け取った。

独庵は書見台に本を載せると、早速読み始めた。

人を刺して病を引き起こす虫のことが詳しく書かれていた。蚘虫の記述を詳しく読んでいっても、十兵衛の症状とは少し違うようだった。それに蚘虫の発病する地域はかなり限られている。ほかの虫による病なのかもしれないと思ったが、それ以上のことはこの本からはわからなかった。

独庵は天井を見上げて溜息《ためいき》をついた。

「先生」

障子の向こうから久米吉の声がした。

「入れ」

障子が開いて、久米吉が入ってくる。いつものように物音ひとつたてない。

「先生、泉谷義助のこと、いろいろわかって参りました」

「なにかあったか」

「義助の母親は備後生まれのようです」

「十兵衛は参府の途中、備後の小さい山で薬草を採取しているが、あれは義助が指図している。やはり義助が何かたくらんだかな」

独庵は少し謎が解けたように思った。

「偶然とは思えません。義助は何か思惑があって、わざわざ備後の山中に十兵衛を入らせたのではないでしょうか」

「そうだな。となれば備後の土地の病を知っている医者に当たるしかない。備後出身の医者はおらなかったかな」

独庵は腕組みをした。しばらく考えていたが、ぱちんと手を叩いた。

「福山《ふくやま》藩の江戸詰の藩医をしていらっしゃる吉沢蘭陽《よしざわらんよう》先生が本郷《ほんごう》におったな」

「そうでした。以前にもご意見を伺いに行ったことがありました」

久米吉も思い出したようだ。

「土地によって病の種類がいろいろある。不思議なことだが、甲州には水腫脹満《すいしゆちようまん》、紀州南紀には牟婁《むろ》病がある。後者は『本朝故事因縁集《ほんちようこじいんねんしゆう》』に、足腰が立たなくなる『足萎え』として書かれている。土地の何かが影響するのであろうが、そう簡単にはその原因が何かはわからない」

「十兵衛さんは、そういった地方の病にかかったのでしょうか」

「わからん。とにかく吉沢先生に会って話を聞きたい」

疑問を持つと納得するまで本で調べたり、人に会ったりするのが独庵の医者としての生き方ともいえた。

独庵は身支度をすると、久米吉と本郷の吉沢蘭陽の屋敷に急いだ。

日が傾いた頃から、半刻ほど歩き、本郷の吉沢の屋敷に到着した。

門の前に立つと、吉沢の大きな声が聞こえてきた。医者とは思えないほど、気が置けない男だった。

木戸の前で久米吉が声をかける。

「どなたかな」

吉沢の声がした。

「浅草諏訪町の独庵です」

「おっ」というような驚きの声がして、木戸が開いた。

「なんと、独庵先生ではないですか」

吉沢は独庵より四つほど若いが、見た目には腹も出ていて十分貫禄《かんろく》があった。

「ひとつ相談がありまして」

独庵が言うと、

「暑い中をご苦労でございました。ささっ、中へどうぞ。相変わらずむさ苦しい家ではございますが」

独庵は言われるままに、中に入った。玄関前の植木はしっかり手入れが行き届いていて、決してむさ苦しいようなところではなかった。

上がり框から、奥の客間に通された。左には待合室があった。

「早速ですが、今日は備後の病のことで相談に参りました」

独庵は単刀直入に聞いた。

「備後の病とはまた珍しいことをおっしゃる」

「日の本には各地に風土病がありますが、私も未熟にて、まだまだ知らぬ病も多くあります。先生は備後の出でいらっしゃるから、何かご存じかと思いまして」

「何か病の診断でお困りというわけですかな」

吉沢は剃髪《ていはつ》している。それが健康そのもののように照り輝いている。

「そうなのです。長崎からカピタンに随行してきた通詞が、備後あたりの藪に入ってしばらくしてから、脚に発疹ができ、高熱を発したのです。何か特別な病かと思いまして。恙虫は出羽のほうですから場所柄、違っております」

「なるほどお話はわかりました。独庵先生のお考えの病、確かにあるのです。備後の川南村に小高い山が二つあります。その一つを片山と呼んでおります。昔は漆山と呼ばれていました。その由来は昔、漆を積んだ川舟が転覆して、それ以来、この近くを通ると漆にかぶれると言われてきました。とくに春から夏にかけて、土地の者が田んぼに入ると、足の脛《すね》に小さい発疹ができて、それが異様にかゆいのです。そのあと下痢、発熱などがあります。次第に腹が膨れてきて、最期は鼓腸《こちょう》(腹部膨満)になり、死んでいきます。この原因がなんなのか未《いま》だにわからないのです。地元では土地の名を取り、片山病と呼んでおります。原因はもちろん漆ではなく、足の脛から入ってくる小さな虫だと思っております」

「で、その片山病は治るのでしょうか」

「運がいいと半年、一年で治ることがありますが、数年にわたって患ったあげく鼓腸になって、廃人のようになることも多々あります」

「なんとも恐ろしい病ですな」

「地元の百姓は、田んぼに入らねば仕事にならないので、足の脛がかゆくなるのはわかっていながら仕事をしておるのです」

「なんとも、百姓衆には難儀なことだ」

「しかし、この病は、地元でなければまず知っている人はいない」

「そうでしょう」

独庵は深く頷いている。十兵衛は、義助の勧めもあって、道すがら薬草を集めていたカピタンの思いに応じようと、藪萱草を採取しに藪の中に入っている。

「なにか、お役に立ったでしょうか」

吉沢は自分のツルツル頭をなでた。

「役に立ったどころか、これでかなり目途がつきましたよ」

「それはよかった」

「誠にありがたい話、感謝しております」

独庵は叩頭《こうとう》して、屋敷を後にした。

6

久米吉が診療所に戻ってきたときは、暮れ六つ（六時）を過ぎていた。

「遅くなりました」

廊下で久米吉の声がした。

「入ってくれ」

独庵が返事をすると、障子がゆっくり開いて、久米吉が入ってきた。夕暮れとはいえ暑い中を歩いてきたのであろうが、汗ひとつかいていない。

「義助はかなり先を見て動いているようです」

「どういうことだ」

独庵は前に座った久米吉に訊く。

「義助は江戸に着いたときから、十兵衛さんの父、多吉郎様の様子を監視していたようです。独庵先生が多吉郎様の家に行ったこともすでに知っております。神田のあたりは絵師の知り合いが多いところですので、見知らぬ奴らが動けばすぐに耳に入ってくるんでさあ」

「備後の片山にわざわざ寄ったのは義助の申し出だったというのが、ちょっと心に引っかかっていた。十兵衛殿が私に多吉郎殿の屋敷に行ってくれと言ったとき、義助がどう動くか気になっていたのだ」

「多吉郎殿が独庵先生に冊子を渡したのを義助は知っているのかもしれません」

「義助は曽根屋の二代にわたる悪事の露見を恐れているのだろう。多吉郎殿はすべて知っているはずだからな」

「だとすると、義助は江戸にいる間に十兵衛さんの命を狙いはしねえでしょうか」

久米吉は十兵衛が心配になってきていた。

「そこだ。十兵衛殿を襲うことは、義助ならずとも誰もが思いつくことだ。むしろそうしないところが奴の策略を臭わせる」

「どういうことでしょうか」

「つまり、生かさず、殺さずが肝心なのだろう」

「生かしておくわけがあり、なおかつ、十兵衛さんを言いなりにできるようにしたいということですね」

久米吉にも独庵の言うことが少しわかってきたようだ。

「そういうことだ。吉沢先生から聞いた片山病は、すぐに死ぬというわけではなく、長患いになるから、それを義助はうまく使おうとしたんだろう」

「わざと病を長引かせようとしているんでやすか、そうすることで義助が何か得するということですか」

「世襲の長崎通詞は、時をかけて作り上げた歴代のカピタンとの強い絆《きずな》がある。カピタンが替わっても、次に来たカピタンも通詞を信頼するしかない。義助が欲しかったのはこのカピタンの信頼だろう。それを自分の商売のために利用したかったのだ。御調物を大坂で売るにしても、カピタンからそれを手にいれなければならない。そのためにはカピタンが抱いている通詞への強い信頼が必要になってくるはずだ。もし十兵衛殿が、病弱になれば、一緒に仕事をしてきた義助にいろいろ頼むことになろう。十兵衛殿が直接動けなくなっても、カピタンは通詞の意見は受け入れるはずだ。だから十兵衛殿さえ生きていてくれれば、義助は自分の仕事がもっとやりやすくなり大儲けができると考えたのだ」

「とんでもない野郎だ」

久米吉は呆れたように呟《つぶや》いた。

「わざわざカピタンに備後で植物採取をさせるように仕向けたとは、義助も考えたものだ」

「こうなってくると、多吉郎様から渡された冊子はどうなさるおつもりでしょうか」

久米吉は心配そうだった。

「そうだな。義助に見せようと思う」

「えっ、いったいどういうこって」

意外な独庵の言葉に声を詰まらせた。

「義助がそれだけ警戒しているなら、こちらから出向いてやろうではないか」

独庵はにやりとした。久米吉には独庵の真意がつかめない。

「それは無謀な気がしますが」

「そうかもしれん。しかし、時には正面から斬り込む方がいいことがあるでな」

「しかし……」

独庵の腹は決まっているように思えたので、それ以上、久米吉は反対もできなかった。

「場所の心当たりもある」

「どういうことで」

「まあよい、小太刀の準備をしておけ」

「へい」

久米吉は独庵の策略は理解できていなかったが、勝ち目のあることだろうと自分に言いきかせた。

7

長崎からカピタンが江戸参府するとき、江戸の定宿《じょうやど》は日本橋本石町《ほんごくちょう》三丁目にある長崎屋源右衛門《げんえもん》の商家と決まっていた。

長崎屋源右衛門は薬種問屋で成功し、幕府はこの商家を長崎経由で日本に入ってくる薬用人参《にんじん》の取引を仕切る唐人参座《とうにんじんざ》として、独占販売をさせていた。

随行している通詞なども、そこに泊まっていた。普通なら商人は他の宿を取るであろうが、義助たちは、その定宿の一室にいた。

木戸の周りには、和蘭人を見ようと人だかりができていた。

カピタンに会って、海外の情報を知りたいと学者も面会に来ることが多かった。まさに「江戸の出島」の役目もしていたのだ。

市蔵は人をかき分け、門番に独庵から預かった書状を見せると、中に通された。

ここは商家とはいえ、カピタンが泊まるため、長崎奉行所の監督下にある。そこで北町奉行の黒川に、独庵は一筆書くことを頼んでおいたのだ。

随行している役人とは別に、義助たちはその隣の部屋にいた。

「浅草諏訪町の診療所の独庵先生からの言伝《ことづて》をお持ちしました」

市蔵が挨拶すると、

「私が長崎の曽根屋の義助でございます。わざわざ書状をお届けいただきありがとうございます」

「独庵先生は是非、義助殿にお会いして、長崎の話などを聞きたいと申しております」

「江戸で評判の独庵先生に会うなど、またとないお話です。どこへ伺えばよろしいですかな」

「浅草諏訪町の大川沿いに船着き場がございます。明日の夕刻、屋形船を出しますので、そこに是非いらしていただけないでしょうか、とのことです」

「なんと屋形船ですか、それはいいですな。この暑さも和らぎましょう。喜んで伺います」

義助は笑顔で答えた。

「それではお待ちしております」

市蔵は頭を下げた。


翌日も晴天だった。

それでも、夕刻の大川はさすがに風が気持ちいい。独庵は甲州屋に頼んでおいた屋形船に向かっていた。

船着き場には船頭が立っていて、独庵を見ると頭を下げた。

「どうも、ご苦労だったな」

独庵は船頭をねぎらいながら、久米吉とともに船に乗り込んだ。

「義助たちは来ますかね」

久米吉は障子を開けて、風を入れた。

「十兵衛殿が診療所に来ていたのは知っているはずだから、私が会いたいといえば、気になるはずだ。必ず来る」

独庵は舳先《へさき》に出て、風を受けた。船はまだ停泊したままだが、時折吹き付ける夕暮れの風が船を揺らした。

半刻が過ぎて、義助たちがやってきた。

義助は奉公人らしい男を二人ほど連れてきた。

「義助殿、内密の話なので、お連れは乗らないほうがいい」

独庵が言うと、

「承知いたしました」

義助が奉公人に目配せした。

義助が船に乗り込むと、独庵は船頭に合図をした。

船はゆっくり岸を離れた。

両国橋へ向かっていく。

「本日はご招待いただき、ありがとうございます」

義助は久米吉に一瞥《いちべつ》をくれると、独庵に頭を下げた。

「いや、突然の書状で申し訳なかったが、江戸の滞在もそれほど長くはあるまいと思ってな、一度お会いしておきたかった」

独庵は義助の表情を読もうとした。

「長崎と違って、江戸はさすがに華やかでございますね」

「そうであろう。ところで、今日、ここに来ていただいたのは、お見せしたいものがあったからでな」

義助の様子は寸分変わらない。

「ほう、なんでございましょうか」

いかにも海千山千の商人らしい腰の低い仕草で、手をこすり合わせた。

「これを見てもらいたい」

独庵は風呂敷包みを広げ、中から例の冊子を取り出した。

義助は首を伸ばしてのぞき込んだ。

「これは通詞十兵衛殿の父君多吉郎殿が書いたものだ」

「多吉郎様は私の父、千吉もたいへんお世話になった大通詞でございます」

「ここには、千吉殿の長崎での仕事の内容が書かれている。さらに義助殿の仕事の中身もしっかり記録されている」

「それが、何か法度《はっと》に触れることでもあるのでしょうか」

一見、義助がとぼけているようには見えない。

「長崎奉行には御調物を関税免除で購入する役得がある。それを京、大坂で数倍の値段で売って莫大な利益を得ていることは幕閣も内々知っていることだ。それができるのも、舶載品を扱うお前のような貿易商人たちが、八朔銀《はっさくぎん》と呼ばれる献金を奉行所にしているからだろう。そのようなことがしっかり書かれている」

「それは何も曽根屋に限ったことではございません。長崎の御奉行様は、まことにご理解のある方で、われわれ商人もそのおかげで手広く仕事ができております」

義助は平然としている。

「だからといって、親子二代にわたり、長崎奉行に成り代わって御調物を売って、奉行が思いも寄らない利益を上げていいはずがない。ここにはそのことが事細かに書かれてある」

「それは、お奉行の了解を受けての仕事でございまして」

義助は驚きもしない。

「医者として許せないのは、唐人参を高額で独占して販売していることだ」

「とんでもない、それは御公儀から許されたことでございます」

「いや、それはわかっておる。しかし、唐人参は高額のあまり、それを買えない患者を多く見てきた」

「いえいえ、私のところの唐人参でたくさんの人が救われております」

「まあ、それは置いておこう。さんざんもうけた金を世のために使うならまだしも、曽根屋は丸山町に出入りする女衒に金を貸して貧しい子女を買い漁《あさ》り、さらに金儲けをしているのではないか。そのことも詳しく書かれているぞ」

「そんな、そんなことは聞いたこともない」

初めて動揺したように言葉が震えていた。

「そうか、知らんのだな。ところで、なぜ十兵衛殿を備後の片山に行かせたのだ」

「カピタンが珍しい薬草が欲しいとおっしゃるので、十兵衛様が片山に行っただけでございます」

「参府の道中、カピタンがいろいろ植物を採取してきたのは知っている。しかし、片山は少し道が逸《そ》れてはいないか」

「何をおっしゃりたいので」

「おまえは、十兵衛殿を片山病に罹《かか》らせたかったのではないか」

射貫《いぬ》くような視線で義助を見た。

「ご冗談を、そもそもそんなことをして、私になんの利得があると言うのです」

「片山病を知っているのは、備後の土地のものだけだ。お前の母親はそこの出だそうだな。だから片山病のことは知っていたはずだ。熱などが出るが、ゆっくり病気が進んで鼓腸になって、廃人になっていく。手遅れになれば、治療法のない恐ろしい病気だ。おまえは病になった十兵衛殿を利用しようとしたのだ」

「何をおっしゃる」

「通詞は代々カピタンから信頼を受けている。だからカピタンが替わっても、通詞を自分の味方につけておけば、商売は自由になるはずだ。十兵衛殿を片山病に罹患《りかん》させれば、病弱になった十兵衛殿は、一緒に仕事をしてきたお前を頼るようになるはずだ。通詞とカピタンの信頼を利用しながら、商売をもっと大きくしようと思ったのだろう」

「とんだ言いがかりだ」

義助は独庵の話を途中から聞く様子もなく、次第に興奮して肩で息をしている。

「この書面は北町奉行所を通じて、老中に恐れながらと出せば曽根屋二代にわたる悪事が裁かれることになろう」

「そんなものを誰が信じるものか。死に損ないが書いたたわけた書面だ」

船が両国橋で折り返し、船着き場に戻ったときには、周囲はすっかり暮れていた。

義助は独庵の言葉を無視して、立ち上がった。

「いいのだな、義助」

船を下りようとする義助の背中に独庵が念を押した。

「できるものなら、やってみたらどうだ」

そう言い放って、義助が船を下りた。それと入れ替わるように数人の浪人が船に乗り込んできた。

船頭があわてて、川に飛び込んだ。

「独庵とやら、ここが三途《さんず》の川の渡し船と覚悟せい」

狭い屋形船の中で浪人たちは太刀を抜いて斬りかかってくる。しかし、低い天井が邪魔して振り下ろせない。独庵は久米吉から小太刀を受け取ると、浪人たちの足を払った。浪人たちは、うなり声を上げながら倒れ込んだ。

独庵はすぐさま、船の外に出た。

義助が大川沿いを走って逃げていく。

その彼方《かなた》に奉行所の役人たちの提灯《ちょうちん》が小さくみえた。

義助は前後を挟まれ立ち止まった。独庵はそのまま駆け寄るや、小太刀で義助の額に斬り込んだ。

義助の頭から泉水のように血が吹き出した。

「これで曽根屋も終わりだな」

独庵はそういって刀を鞘《さや》にしまう。

「あとは奉行所に任せればいい」

後ろからきた久米吉にそういって、土手の道を歩き始めた。

8

二日経ち、十兵衛の尽力によって、独庵がカピタンに会えることになった。

堅苦しいところよりも、もっと江戸らしいところがよかろうと、『浮き雲』に席を設けた。

座敷ではカピタンが座れないので、善六が酒樽の上に腰掛けるように座布団を置いていた。

そこにカピタンが座り、向かい合うように独庵が座っていた。間には十兵衛がいて、通訳をしている。

小春が料理を持ってくると、カピタンが十兵衛に一言言った。笑いながら十兵衛が、

「小春が美人だから長崎に連れて帰りたいそうだ」

冗談なのか、褒めているのか、本気なのか独庵にはわからない。

「それは困る。私の診療所で働くことになっていると言ってくれ」

独庵はまじめに答えた。

「それは嘘《うそ》ですよね」

十兵衛が確認するが、

「いいから、そう言っておけ」

独庵は真剣な顔をして言った。

十兵衛が独庵の言葉を和蘭語でしゃべると、カピタンがまた一言言った。

「それは非常に残念だそうです。しかたがないから長崎の丸山町で代わりを見つけるからいいと言っています」

「ぜひ、そうしてくれ」

独庵は生真面目に言った。

カピタンには江戸の知識人もいろいろ面会していた。和蘭を通して唯一、世界の実情を手に入れることができたからだ。そのためかカピタンもいい加減、真面目な話に

は飽きているようだった。

十兵衛は持ってきた風呂敷包みを開けて、銀の皿を取り出した。その皿に、小春が運んできた浅蜊《あさり》飯を移し替えた。

そして浅蜊をひとつ、十兵衛がカピタンより先に箸でつまんで、自分の口に入れた。

「おっ」

思わず独庵は、十兵衛の無作法な振る舞いに驚いた。しかし、すぐそれを理解した。

「もしや、十兵衛殿は鬼役《おにやく》もやっているのか」

鬼役とは毒味役のことだ。

「無作法とお思いでしょうが、参府の時は、私が代役で鬼役をしております。もちろんカピタンが長崎にいるときは、長崎御膳奉行が行っていたのですが、このごろは、長崎にいても、私が鬼役をやるようになりました」

十兵衛は他の皿にも箸をつけ、味を見た。しばらくして、十兵衛は大きく頷き、カピタンに食べるように促した。

「銀の皿に移し替えるのは、カピタンの趣味でやっているのか」

独庵は不思議そうに訊いた。

「いえそうではありません。これも毒味のひとつでございます」

「どういうことだ」

　さすがの独庵も首をひねった。

「銀の皿は砒素《ひそ》があると色が変わるのでございます。和蘭などでは貴族が毒殺を恐れて普段から銀の皿を使う習慣があると、カピタンから聞いております。だから朝一番の仕事は、銀の皿を磨くことです」

　十兵衛は笑いながら言った。

「なるほど。しかし、鬼役もやっているとは」

　十兵衛がカピタンからいかに信頼されているか、改めて独庵は感心していた。義助がこの二人の堅い絆を利用したくなったのも、わかるような気がしていた。

　料理を食べ終わった頃、カピタンが十兵衛に何か言った。

「カピタンはこんなにおいしい江戸の料理をいただいたので、なにか御礼をしたいと言っております」

「善六、浅蜊飯は和蘭でも通用しそうだぞ」

　独庵がうれしそうに厨《くりや》に声をかけた。

「これは通訳しないでいいぞ。では、ぜひ梅毒の治療薬のスウィーテン水の作り方を教えて欲しいと言ってくれ」

梅毒は当時、日本でも水銀での治療が行われていたが、副作用も強く、別の治療法が望まれていた。独庵はスウィーテン水のことは本で読んで知っていた。

十兵衛が和蘭語でカピタンに言った。カピタンは笑顔でしゃべりだした。カピタンが説明すると、それを十兵衛が日本語に訳した。

独庵はカピタンの話をしっかり書き留めていた。多少なりとも和蘭語がわかるので、久しぶりに若い時の自分に戻ったような気がしていた。やはり学ぶことは楽しいと改めて思った。

カピタンの話は独庵には非常にありがたいものだった。

「本当に感謝している。これで多くの患者を救うことができる。そう言ってくれ」

十兵衛に通訳を頼む。

カピタンは十兵衛の和蘭語を聞いて、満足したように何かを言った。

「あなたは江戸の名医と聞いている。ぜひこのスウィーテン水を役立ててください」

それを聞いて、独庵は深々と頭を下げた。

カピタンの話を聞いていると、長崎からの医学や海外からの知識がこれからの日本にどれほど重要か痛感する。自分が長崎に一年遊学しただけでは、学べなかったことが多すぎる。すでに医学も変わってきているように思えた。

「独庵先生、父のこと、よろしくお願いいたします。私はこのままカピタンと長崎に戻らねばなりません。先生に看取っていただくことが、父のために私にできる唯一の手立てかと思っております」

十兵衛が『浮き雲』から出るときに、耳元で言った。

「わかっておる。任せておけ」

独庵は十兵衛の気持ちが痛いほどわかった。

十兵衛は深々と頭を下げた。

カピタンはご満悦の様子で帰って行った。

9

カピタンと十兵衛が長崎へ戻っていった数日後、多吉郎を診察に行った。

多吉郎は、初めて診たときより、症状は悪化していた。

「多吉郎殿」

独庵が枕元で呼びかけるが、返事がない。わずかに目を開けるが、すぐ閉じてしまった。息も浅く、止まりそうであった。

独庵は多吉郎の顔をしばし眺め、考え込んだ。開け放った障子の向こうには、手入れの行き届いた中庭が見える。

独庵はずっと中庭を眺めていた。

夏の盛りであるが、庭の大きな欅《けやき》から枯れ葉が一枚、舞うように落ちてきた。

独庵は意を決したように正座し直した。

「多吉郎殿、冊子のこと、私にお任せくだされ。また、十兵衛殿の熱はすっかり落ち着きましたので、もう心配はありません。それに……十兵衛殿は立派に江戸で仕事を済まされましたぞ」

多吉郎の耳元で独庵がゆっくりしゃべった。すると、多吉郎が目を開き、わずかに顎を下げて、納得したような笑顔になった。

「おわかりになりましたか」

独庵が訊いたが、もうそこで息は止まっていた。

独庵は両手を合わせて、頭を下げた。

診療所に戻り、独庵は市蔵を連れて、診療所のそばの大川の堤まで来た。

「なんでございましょうか」

独庵が大川まで一緒に来いというので、わけのわからぬまま、市蔵はついてきた。

「多吉郎殿から預かった冊子だ」

懐から独庵が取り出した。

「それはお奉行に届けるのではないですか」

「いや、義助がいなくなった今、この冊子は使い道がない」

「曽根屋の主人はまだ長崎で生きております」

「わからぬか。カピタンに会ったとき、長崎から和蘭を通じて入ってくる医学の知識や技術がいかに重要か、痛感した。この冊子を出せば、長崎奉行にも十兵衛殿にも差し障りが出るだろう。それでは、日の本のためにならぬ。長崎奉行は一度務めれば、子々孫々まで安泰な暮らしができるといわれている。そのため、長崎奉行になろうとする者は三千両もの金を使って裏工作するという。まあそれは奉行の役得であるからかまわぬ。金でことが済むならそれはそれでいい。それより、このまま和蘭との交易がうまくつづくほうがずっと重要であろう。だからこそ、御公儀も長崎奉行の裏のことは知ってはいるが、お目こぼししている。多吉郎殿の無念もわかるが、ここはお国のため、この冊子はなかったことにしたほうがいい。その判断を多吉郎殿は私に任せたのだ」

独庵はそう言い放つと、冊子を大川に向かって投げ上げた。

夏の日差しで、きらりと小太刀が光ったかと思うと、冊子が短冊状に切り刻まれた。紙吹雪となった紙片は宙を舞い、しばらく川の上を飛んでいたが、静かに川面《かわも》に落ちていった。

「なぜ、ここでこのようなことを」

市蔵が聞く。

「お前に、なにが大切なことか、わからせたかった。許してくだされ、多吉郎殿」

独庵は大川に向かって頭を深く下げた。

容赦なく、じりじりと独庵の首筋に陽が照りつけた。

第四話　絵師（秋）

1

大川のすすきが黄金の花をつけたかのように光り輝き、風に揺れている。冬の訪れ前の暖かな日だった。

診療所の前で、

「だれか。すず、いるか」

久米吉が男を肩で支えて、立っていた。男は背中に大きな袋と筒を背負っている。

男は目を閉じ、からだから力が抜けている。支えているだけでも大変そうだった。

「すず」

もう一度叫ぶと、すずが飛び出してきた。

「どうなさったのですか」

「知り合いの男だ。診療所に入れてくれ」

男の重みで、倒れそうになる久米吉をすずが支えた。すずはその荷物をおろすと、二人で、ぐったりとした男を診療所の玄関まで運んだ。

「そこに寝かせよう」

「はい」

なんとか、上がり框《かまち》に寝かせた。

「どうした」

物音に気がついた独庵が、控え室から出てきて、横になっている男を見た。

「絵師の仲間で宗順《そうじゅん》といいます。昨日から変なことを言い始めて、あっしが呼ばれて見に行くと、家の中で暴れていたんでさあ」

「気の病か」

「静かにするように言うと、あっしの顔を見るなり、殺してやるとなぐりかかってきやがったんです」

「憑《つ》きものかもしれんな」

独庵は男の顔を見ている。

「いやね。いままではいい絵を描いていたんです。絵師の仲間からも一目置かれた男でした。以前からおかしなところはあったようですが、ひと月前くらいからそれがひどくなりました。仲間も困っていたんです」

「いまは寝ているようだな」

「ここに連れてくる途中から、寝たようになっちまいました」

「なるほど」

独庵は宗順の白目の色を確かめた。脈を取り、落ち着いていることを確かめると、両手を持ち上げて下に落とした。手はゆっくり胸の上に落ちた。宗順の両膝をそろえて曲げて立てると同じように手を離した。脚はゆっくり開いた。

「これなら急の治療はいらないな。少し寝かせておけ。そのうち目が覚めるだろうから、その時、呼んでくれ」

独庵はそう言って、控え室に戻って行った。

残された久米吉は、

「ここじゃあしょうがねえな。待合室まで動かそう」

すずは脚を持ち、久米吉が宗順の両腕を持って、待合室の床に寝かせた。背負ってきた荷物をすずは、門から運び入れ、宗順の近くに置いた。

「ここにしばらく寝かせておこう。市蔵さんはいないのか」

「往診に行ってます」

「そうか、代わりにすずが見ていてくれ」

「はい、わかりました」

すずは言われるままに、宗順の横に座った。宗順は穏やかな顔をして寝ている。久米吉が言うような男には見えない。


しばらくして、宗順が目を開けた。

「どうもお世話になりました。何かやらかしたんですか」

横になったまま、すずの顔を見て言った。

「診療所に来たときは、寝ていたようでした」

「そうか、悪いことをしたな」

そう言いながらゆっくり、宗順は起き上がり、背負ってきた荷物が近くにあることを確かめた。

「いえ、いえ。それは独庵先生に言ってください」

すずは困惑した顔をした。

宗順の声を聞きつけ、やってきた久米吉は、

「独庵先生に診てもらわねば」

そう言うと、宗順を診察室に連れて行った。

「ここで待っていてくれ」

宗順を座らせ、久米吉は独庵を呼びに行った。

「独庵先生、宗順が目を覚ましました」

少し間があって、

「そうか。いま行く」

と障子の向こうから返事があった。

宗順は総髪で、顔半分がわからないほど髭《ひげ》を蓄えていた。

独庵は診察室に入るなり、珍しい物でも見つけたように宗順をじっと眺めて、

「人というのは不思議なもので、寝ている時の顔と、起きたときではずいぶん違うものだ。それにしてもなかなかの面構えだな」

独庵は安心したように、笑いながら言った。

「見た目は妙な男ですが、なかなかの絵師でございます。京は、円山応挙《まるやまおうきょ》先生について絵を学びまして、江戸に戻って絵師として仕事を始めたところなのです」

「ほう、応挙の弟子とはたいしたものだ」

独庵が髭をなでながら言った。

「まことに遅くなりましたが、私、村藤《むらふじ》宗順と申します。生まれは信州《しんしゅう》でございますが、縁あって京で絵の修業ができました。応挙先生には本当に世話になっております」

「だいぶ気分はよさそうだな」

「宗順、挨拶がわりに何か描いてみたらどうだ」

久米吉が言い出した。

「そうでございますね。ではちょっと描かせていただきましょうか」

宗順はそう言うなり、袋から絵の道具を取り出し、中庭に咲いている桔梗《ききょう》を一筆描きのようにさらさらと描いてみせた。

「なんと、見事なものではないか。かなりの腕であるな。まさに天稟《てんぴん》とはこのことであろう」

一瞬で描かれた絵の力強さに独庵は驚いている。

「ありがたいお言葉」

宗順は頭を下げた。

「では、少し話を聞こうではないか」

普通の病とは違って、腹や胸を調べるわけではない。気の病の診断や治療はこの時代ごく限られたことしかできなかった。まやかしの医療も多かった。そんな中で独庵は話を聞きながら考えていくしかないと思っていた。

「なにか変わったものでも見えないか」

独庵は単刀直入に聞いた。

「だれかが、私のことをどこかで見ているような気がするんです」

「ほう、だれかがお前さんを見ているのか」

「そうなんです、なんだか不気味で」

「それは人なのか」

「人のような獣のようなものです」

「なるほど」

宗順は真剣な顔つきで語っている。

「いつからそういうものが見えるのか」

「江戸に出てきて、絵を描き始めたころからです」

「というとどれくらい前だ」

「二年くらい前からでしょうか」

宗順はきっぱりと言った。昔のことはしっかり覚えているようだった。

独庵はこれまで気の病をあまり診たことがなかった。どう診断を進めればいいか少々迷ってもいた。

「ここまで背負ってきた筒は、お前が今までに描いた絵ではないか。見せてもらえるかな」

「私は普段から気になったものをすぐに描けるように、こうして絵絹《えぎぬ》を筒に入れております。何枚か描いた絵もありますので、診断に役立つのであれば、喜んでお見せします」

宗順は筒の中から、絵絹に描かれた絵を取り出して広げた。

京の嵐山《あらしやま》が描かれている絵だった。一見なんでもない風景画に見えるが、よく見れば橋の上を歩く人、川の土手に座っている人の表情が実にうまく描かれている。単なる風景画ではなく、これはその瞬間を生きている人の記録のようにも見える。

「これはまた……」

独庵が絶句した。

「すばらしい出来だ。その土地で描いたものか」

「半刻《はんとき》くらいはそこで眺めておりました。あとは家に帰ってから描いたものでして」

宗順はさらりと言ってのけた。

「すると、ここに描かれている人の顔は、あとから思いついたものなのか」

「そうではありません。私の頭の中にあるんです。見えるんですよ、その土地にいた人の顔がしっかり。妙な言い方ですが、頭の中の絵を見ながらそれを描いているようなもんですかね」

「なるほど。そんなことができるとはな」

独庵は腕組みをして考え込んだ。これだけの絵を、その土地で描くなら十日でもかけまい。それにこのたくさんの人の顔の表情を覚えていることはできないだろう。自分の頭の中に残っている絵のようなものというのは、これこそが宗順の持った天稟なのかもしれない。宗順のことをもっと詳しく知らなければ、宗順の病の治療などできないと思った。

「そうだ、宗順さん。うちの診療所にしばらく住み込まないか。寝る場所はある」

「頼まれた仕事がまだ途中でして」

　宗順は突然の話で戸惑っているようだった。

「絵はここで描けばいい」

　独庵が言った。

「先生、そこまでしてもらっては、申し訳ねえです」

　久米吉が断ろうとする。

「いやそうでもしなければ宗順さんの本当の病はわからないぞ。本人のためだけではない。私が診断するためにも、ぜひ、ここにしばらく住んでくれ」

　独庵がむしろ頼んでくるので、久米吉も折れた。

「宗順の病が治るんであれば、喜んであっしも世話をします。大丈夫だな、宗順」

「うん、願ってもない話だ。私の病が治るのであれば、ここにしばらく置いていただきます」

　宗順も腹を決めたようだった。久米吉は独庵が真剣に病の元をつきとめようとしていることがうれしかった。

2

翌日から、宗順は診療所の一室に住み込むことになった。午前中は絵の道具を佃島《つくだじま》の長屋まで取りに行った。午後から、絵を描き始めた。妄想はなく落ち着いているように見える。

昼八つ（二時）ころ、独庵が宗順の部屋に行くと、宗順は目をつむりじっとしていた。

大きな絵絹には一本線が描かれているだけだった。

独庵はしばらく黙って見ていた。

「どうだ。まだ何か浮かばないのか」

独庵は微動だにしない宗順に言った。

「私の師である応挙先生は狩野《かのう》派、土佐《とさ》派などの権威と伝統を重視する流派に対したいへん批判的でございまして、絵というものは自分の目で見たものを描かないといけないと教わっております。和蘭などから入ってまいりました遠近法と呼ばれる西洋画法からも応挙先生は影響を受けておりまして、景色を写生する技法を生み出したのでございます。だからこうして、私の頭の中にある絵を描くことはたやすいことですが、斬新な絵を描くとなると何かを見ないことには描けないのです」

「なるほど、目の前に風景がなければ描けないのだな」

「その通りでございます」

宗順は大きくため息をついた。

「わかった、それでは外へ行こうではないか。私も一緒に行く。このあたりの大川はなかなかいい景色だ」

独庵が提案した。

「なんと、先生も外に行かれると」

「そうだ。気の病を治すには、お前さんの日々の様子を知らねばならない」

「さようですか」

廊下で二人の話を聞いていた久米吉は、不思議に思った。独庵がなぜ、そこまで宗順の治療に入れ込むのかわからないでいた。

「では、用意をいたせ」

独庵が宗順に言った。

廊下から久米吉が入ってきて、

「先生、写生について行かれるのですか」

「そうだ。正しい診断をするには患者の住んでいるところ、食い物、日々やっていること、すべてを見なければならない」

独庵は診察室だけに閉じこもる医者を普段から、毛嫌いしていた。病は普段の生活の中から生じるものだと信じていたからだ。

本来、外で絵を描くことはなかった絵師が、筆と紙を持って、写生に行くこと、そのものが目新しいことであった。

「あっしも、一緒に参りましょうか」

久米吉も気になるようだった。

「いや、ここはまだ二人で話をしたい。お前は残っていろ」

「そうですか。あっしはまだ行かないほうがいいんですね。わかりやした」

久米吉は独庵の考えを慮《おもんぱか》って、そのまま診療所に残った。

独庵は宗順と大川に向かった。宗順は脇に冊子と筆の入った袋を抱えている。

堤の見晴らしのいい場所に二人が座り込んだ。

「なかなか景色のいいところですね。遠くに見えるのは両国橋ですか」

川下を指さして宗順が独庵に訊《き》いた。

「そうだ。どこか絵になる所はあるか」

宗順は周囲を見回している。秋の日差しは心地よい暖かさだった。

「こうして景色を眺めていると、次第に妙な絵が見えてくるのです」

さきほどまで、風景を眺めていた宗順が、今は頭を抱えている。

「妙な絵とはなんだ」

「それが窓から光が入ってくる絵が見えるのですが、周囲は闇なんです」

「それはどこか覚えのある所なのか」

「いえ、それが皆目わからないんです。だからあんまりそれを考えると頭が痛くなります」

独庵は宗順の気の病には何かわけがありそうだと思った。

「その闇が消えれば、おまえの妄想のようなものはなくなるかもしれんな」

「そうかもしれませんが、その闇はあまりに深くて何も見えないのです」

宗順は腕組みをしてうずくまった。それを見た独庵は、簡単に宗順の病が治せるとは思えなくなってきた。

かすかに潮の香りを含んだ風が二人の間を吹き抜けて行った。

二人はしばらく堤に座っていたが、

「帰るか」

独庵が一言言うと、宗順がこくりと頷《うなず》いた。二人は立ち上がり、無言で診療所に戻った。

夜になって、独庵が床につこうとしたとき、廊下でうめき声が聞こえた。

褞袍《どてら》をはね除《の》け、廊下に出て、うめき声がするほうに行く。

宗順が鬼面《きめん》のような顔になって、荒い息をしている。

「どうした宗順さん」

「お前はだれだ」

じりじりとにじり寄ってくる。

「独庵だ。わからぬか」

独庵は大声を出したが、宗順の表情は変わらない。

「土佐派の仲間か」

「違う、独庵だ。しっかりしろ」

土佐派という言葉の意味が独庵にはわからなかった。

宗順は目をつり上げて、手にはどこから持ち出したのか木刀を持っている。中庭にあった独庵の木刀だとすぐに気がついた。

「死ね」

宗順はそう叫ぶと、独庵に木刀を打ち下ろしてくる。独庵は、ひらりとかわすと、宗順に近づき、宗順の小手に鉄拳を見舞った。「うっ」とうめき、木刀が手元から落ちた。独庵は木刀を拾うと、青眼に構えて、

「落ち着くのだ。宗順さん」

と制した。

「女房を殺したな」

宗順はそう言い放って、殴りかかってきた。独庵が木刀の切先で、宗順の腹を突くと、宗順は床にうずくまって動かなくなった。

独庵はしばらく宗順の様子をうかがっていたが、寝息を立て始めたので、そのままにして自分の部屋に戻った。

やはり宗順にはなにか悪《あ》しきものでも憑いているのであろうか。

女房を殺したな、という言葉は、ただの妄想なのか。そのあたりは明日、本人から聞き出すしかないと思った。

3

朝、すずが大声で叫んだ。

「先生、宗順さんが廊下で倒れています」

しかし、独庵からの返事はなかった。すずは控え室で寝ているはずの独庵を呼びに行く。

障子を開けると、床には独庵はいなかった。その代わりにあかが褞袍の上で腹を出して寝ていた。

「まったく、あかったら。どこへ行ったのかしら独庵先生は」

すずが慌てて診療所の中を探し回る。

市蔵は早朝から代脈として往診に行っていた。その市蔵がうまい具合に帰ってきた。

「大変です。宗順さんが倒れています」

「なんだって」

市蔵は薬箱を上がり框に置くと、駆け上がって、すずのあとに続いた。

廊下に宗順の姿がない。

宗順の部屋へ行くと、市蔵たちの慌てた顔を見て、

「どうしたんです」

宗順は絵の具を溶かして絵を描く準備をしながら、顔を上げた。いままで倒れていたとは思えない。平然と座っている。

「さっきまで、廊下で倒れていたではないですか」

すずが信じられないという顔をして、訊いた。

「いや、ちょっと寝ていただけです」

宗順は何もなかったという表情で、絵の具を溶き始めた。

「昨夜は何かあったのですか」

市蔵が心配そうに訊く。

「いや、なにもありません。よく寝た」

「ならいいですが」

そう言いながらも、市蔵は納得がいかないという顔をしている。

「心配いりません」

そう言って、宗順は筆を持って絵を描き始めた。

倒れていたことも記憶にないようだから、宗順に昨夜のことを訊いても何も言わな

いだろうと市蔵は思った。

「それにしても、独庵先生はどこへ行ったんですかね」

すずが茶を淹《い》れて宗順に持ってきた。宗順は両手で茶碗《ちゃわん》をくるむようにして、うまそうに飲んだ。

「いま、朝餉《あさげ》を用意します」

そう言うと、すずは厨《くりや》へ向かった。

この日は、いつも昼過ぎになれば現れる久米吉も診療所に来なかった。


独庵と久米吉は木下川《きねがわ》薬師にいた。葛飾《かつしか》にある木下川薬師は浄光寺《じょうこうじ》と呼ばれ、浅草寺末派筆頭としての寺格を誇っていた。庶民から、薬師仏が病気治しに霊験あらたかだとして、多くの信仰を集めた。また、八代徳川吉宗《とくがわよしむね》のとき、将軍鷹狩《たかが》りの際の御膳《ごぜん》所《しょ》（将軍が食事をとる所）に定められた。

ここの境内には池があり杜若《かきつばた》で有名だった。この薬師に江戸で有名な絵師の円山応《おう》永《えい》がいた。

独庵がここにやってきたのは、江戸の絵師で新しい流れをつくっている応永の話を聞きたかったからだ。久米吉は以前、応永に絵の手ほどきを受けたことがあった。

この時代、長崎貿易を奨励し、積極的な経済政策を取るようになった。その影響もあり中国画（南画）と西洋画（蘭画）が日本でも認められるようになり、新しい絵画表現を模索する絵師が現れた。

その代表的な一人が円山応挙である。応挙は遠近法と写生を基盤として独特の画法を編み出していた。

宗順は応挙がまだ京で、名を成す前に師と仰ぎ、絵の技法を学んできていた。応永は応挙の仲間として京で絵の修業をしてきた。宗順より五年ほど歳《とし》は上である。昨今の絵の世界をよく知っている絵師だった。

応永の住まいは仁王門《におうもん》をくぐり、正面に薬師堂を見た右手の庫裡《くり》の奥にあった。茅《かや》葺《ぶ》きの屋根は苔《こけ》むして、六畳ほどの狭い庵《いおり》であった。応永は障子を開け放った部屋で、絵に向かっていた。

「今日はぜひ絵の流派についてご教授いただきたく、やって参りました」

独庵は応永に頭を下げた。応永は大きな襖絵《ふすまえ》を描いていた。久米吉の頼みということもあり、筆を休めると、親切に流派の話を始めた。

「画壇というのはなかなかややこしくてな」

応永は笑ってみせた。

「いくつもの流派があって、なかなか熾烈《しれつ》な世《よ》と伺っておりますが」

独庵が言った。

「よくご存じで。円山応挙は京で名が売れ始めた絵師で、同じような仲間が何人もおります。宗順もその弟子の一人と言っていいかもしれん。宗順の絵は何度か見ているがなかなかの腕前だ」

「なるほど。私は絵のことはよくわかりませんが、いま宗順さんが、いろいろ悩んでいるようで、私がその治療をしております」

「そうでございますか、私の話が役立てばいいのですが」

「貴重な時をさいていただき、申し訳なく思っております」

「とんでもない。独庵先生のような江戸の名医に、絵の話を聞いていただくだけでも、うれしいものです。ご存じのように日の本には狩野派、土佐派という絵の流れがございます。昔からあるこういった流儀の絵はどうしても権威的になってしまうもので、いま和蘭から入ってきている西洋画のようなものとは相容《あいい》れない。そういった昔からの流儀に対抗するかのような絵を描くのが円山応挙なのです。だから応挙の絵を嫌うものも多い。土佐派は一時期衰退していましたが、土佐光起《みつおき》が復興させたと言ってもいいかもしれません。禽獣《きんじゅう》などをおかない装飾的な絵になっています。私たちのような絵師はいま見える目の前のものを、そのまま描こうとみな努力をしているのです」

「向かう先が違うということでしょうか」

独庵が身を乗り出すようにして訊いた。

「そう言ってもいいかもしれませんな。方向が違うなら、お互い放っておけばいいはずですが、そうはいかないのが絵の世でございます」

「自分たちの流儀を守りたくなるのですね」

「そうです。そうなってくると、どうしても流派間に争いのようなことが起きてくる」

「医学の世でも同じようなことが起きています」

独庵は宗順の立場がわかってきた。

「とくに土佐派の中には、過激な輩《やから》もおりまして、宗順などいろいろ嫌がらせを受けているはずです」

「なるほど、そのあたりは宗順さんから聞き出さねばわかりませんな」

「大げさに言えば絵師も命がけです。京に集まった仲間はそんな心意気でございました」

「絵師の世もなかなか厄介《やっかい》ですな」

独庵はしばらく応永と話を続け、昨今の絵の流派の動向がわかってきた。

「おっと、これはいけません。長々と話に夢中になりまして」

「いえ、面白うございました。ぜひとも宗順を助けてやってください」

応永はあくまで謙虚な姿を崩さなかった。

独庵は、応永に暇乞《いとまご》いをすると、薬師の門を出た。

自分の考えがまとまってくると、独庵は急ぎ足になる。久米吉が後ろから走ってきた。

「先生、どうお考えでしょうか」

「宗順さんは昨夜、ひどい妄想があった。私を殺そうとした」

「なんと、そんなことがありましたか」

「たぶん私が宗順さんには別な人に見えたのだろう。つまり恨みを持った男のように見えたのかもしれん。そのあたりに宗順さんの妄想のわけがあるのではないか」

「奴《やつ》を恨むような連中ということであれば、さきほど応永先生が言っていた土佐派の過激な連中がなにか関わりがあるのでしょうか」

「それだ。久米吉、土佐派の過激な連中を調べてみてくれ。絵師の仲間からあれこれ聞き出せるだろう」

「へい、そういった話はすぐにわかると思います」

「私は宗順さんとまだいろいろ話をせねばならない」

独庵は早足で、浅草諏訪町の診療所を目指していく。早足の久米吉でさえ、なかなか追いつけなかった。

4

「宗順さん、描いた絵を見せてはもらえないだろうか」

独庵は宗順が診療所に来てから描いた絵を見たかった。絵の中に何か手がかりがつかめるかもしれないと思ったからだ。

「いま描いている絵はまだでき上がっておりませんが、途中でよろしければお見せできます」

「もちろん、それで結構だ」

宗順は床に広げた絵を見せるために、独庵を自分が座っている場所に座らせた。壮大な風景の中に、非常に繊細に手前の家や木々が描かれている。これが土佐派のような絵とは違う点なのだろうと独庵は思った。

「さすがに、いい絵ですな」

「ありがとうございます」

遠景の空には金色の雲がかかっている。独庵はその色に興味を持った。

「この空の色はどんな絵の具を使うのだろうか」

「さすがお医者さまですな、そんなところに興味を持ちますか」

「すまんな、絵ではなく顔料がなんでできているか気になってしまう」

「この金色の原料には雄黄《ゆうおう》という特別な岩絵の具を使っております」

独庵はどこかで聞いたような気がしたが、思い出せなかった。

「それにしても、なんとも綺麗《きれい》な色だな」

「そうでしょう。この美しさは他の絵の具では出すことができないのです」

妄想がでない時、宗順は有能な絵師でしかなかった。昨夜のような興奮した状態が信じられなかった。

「邪魔をしたな」

独庵は立ち上がって、再び宗順が絵筆を持って描き始める姿を見ていた。

宗順は筆先を軽くなめると、筆に絵の具をつけた。

しばらく絵を描く様子を眺めていたが、独庵は廊下に出た。

独庵は控え室に戻ると、雄黄について調べ始めた。

夕刻になって久米吉が外から戻り、独庵に報《しら》せを持ってきた。

二人は向き合って座った。

「先生、絵師の仲間でいま、妙な噂《うわさ》があります」

「ほう、どういうことだ」

書物に目をやりながら、久米吉に聞いた。

「絵師というのは、名が売れてくると、大店《おおだな》の娘たちから、自分を描いて欲しいと話がきます。当然、家の中で描くので、なんども通っているうちに大店の家の中がわかってくるわけです」

「そうか、絵師と言われれば、それなりに信用されるから、家の中に通しても安心と思ってしまうのかもしれんな。となれば……」

「そうなのです。盗みを働く絵師がいるようなのです。どうもその正体ははっきりしませんし、あくまで噂ですが」

「初めはそんな気はなくても、家の中を見ていくうちに、悪事を働く気になってしまうものかもしれんな。困った連中だ」

「まったくです。絵師といってもいろいろいますから、宗順のように絵一筋に突き進む者から、肩書きだけは絵師といいながら、博打《ばくち》に走る奴らもいます」

「ところで、金色を出すにはどんな絵の具を使うものだろうか。宗順が綺麗な黄金色を出していたので、気になった」

「先生はさすがに見るところが違いますね」

「まあ、医者は些細《ささい》なことが気になるものでな」

「あの金色は雄黄といい、鶏冠石《けいかんせき》という非常に高価な顔料を使います」

「そんな高価なものを宗順さんはどうやって手に入れたのであろう」

「贔屓客《ひいき》からもらったと言っておりました」

「いま雄黄を調べていたが、どうもあの岩絵の具の粉の中には砒素《ひそ》が混じることがあるようだ」

「『石見銀山《いわみぎんざん》ねずみ捕り』に使われているものと同じじゃあないですかね」

「そうかもしれん」

「では、宗順を殺そうと思ってあの顔料を贈ったものがいるということでしょうか」

「私も初めはそう考えたが、『石見銀山ねずみ捕り』の中毒では、まず下痢や嘔吐《おうと》が起こる。長く飲んでいると手の皮膚の色が変わってきたりする。気がぼんやりして、何者かに追われるような幻覚が出ることもある。しかし、宗順さんの症状は砒素の中毒にしては、目の症状がないのだ。それに砒素の中毒なら手足のしびれなどが起こるのが普通だ。だから砒素は宗順の症状とは関わりないと思う」

「なるほど、では顔料ではないと」

「そうだ。それに宗順さんもあの顔料には砒素が混じっていることを知っているようだ。知っていたからこそ、自分の身を守っていた」

「どういうことでござんすか」

久米吉は困惑していた。

「宗順は絵を描くときに筆先をなめる癖があるようだ」

「そうなんですよ。絵師には多い癖です」

「しばらく見ていたのだが、あの金色を出すときには筆先を水にぬらすだけで、なめてはいないのだ。あれはわかってやっている所作だ」

「さすがに京で学んできた先生だ、となると宗順のあの妄想はいったいなぜ起こるんでしょうか」

久米吉は宗順のことが心配でならなかった。

「気の病となれば、心気が疲れ、目に見えない毒素のようなものが頭に溜《た》まるのかもしれん。気の病はすぐに狐憑《きつねつ》きなどといって、祈禱師《きとうし》の祈りで助けようとするものだ。

しかし、それはまったくの無知でしかない。陸奥《むつ》国八戸《はちのへ》の安藤昌益《あんどうしょうえき》先生は、狐憑きをまったく否定し『狐の人に憑くに非《あら》ず、人の狐に憑くなり』と言っておる」

「先生は宗順の症状にはもっと別の原因があるとお思いになるんですか」

「そうだ。何か別のことがあってあの妄想が出ているように思う。宗順さんの記憶力はすごい。風景をそのまま覚えることができるようだ。あれだけの頭があれば、私にも余計なことは言わず、隠し事をすることなど朝飯前だろう」

「どうすればいいんでしょうか」

久米吉には打つ手が見つからない。

「もっと宗順さんの思いに接し、心の奥にあるものを探り出さねばなるまい」

「なかなか、難しいことでございますな」

独庵がいつになく慎重なことに、久米吉は驚いていた。

「わかっておる。しかし、それしか方法がないことがようやくわかってきた」

城の周囲の堀を埋めていくように、次第に独庵は核心に近づいていく手応えを感じていた。

5

独庵は宗順を品川宿《しながわ》まで連れ出していた。

一刻半《いっときはん》（三時間）かかって、月見で有名な『月の岬《つきのみさき》』と呼ばれる八《や》ツ山《やま》の茶屋についた。

暮れ六つ（六時）になり、月が江戸湾の上にぽっかりと浮かんでいる。遠くには船が何艘《そう》も出ている。

「これは先生、いい眺めです」

宗順は月を見上げた。

「月見の名所といえば、この品川宿の『月の岬』ということになっておる。私も来るのは二度目だ」

「わざわざ、品川まで来るのがわかります」

「浅草からはだいぶ遠いが、品川の仙台藩の下屋敷に女房がいるからな、あまり遠い気がしない」

「そうでしたか。それにしても先生はなぜこれほどまで、私の面倒をみてくれるのでしょうか。いくら久米吉さんの知り合いの絵師とは言え、申し訳なくて……」

「気にするなと言っても、気になるであろう。医者なりの考えがあってやっていることだ。気の病はすぐに『狐憑き』と言われてしまう。祈禱で治るならいいが、中には狐を追い出すと言って、殴る蹴るの拷問のようなことをやる祈禱師までいる。馬鹿なことだ」

「先生は私の病をどうお考えになっているのでしょうか」

「お前さんに見える妄想は、私には信じることはできないし、わからない。しかし、お前さんに見えるものは、本当のことのように思えるだろう。妄想を見ることは苦しいし、思い出したくないことなのではないか。実はな、妄想に苦しむということは、その妄想の中に何か手がかりがあるように思えてならない」

「そんなふうに言ってもらったのは初めてです。私の周りの連中は気がふれたとしか言いません。真剣に考えてもらえるだけでもうれしいかぎりです」

　いつも難しい顔をしている宗順に少し笑顔が見えた。

「私の気持ちを伝えることで、お前さんも心を開くと思っている。いまの医学では気の病は土蔵に閉じ込めておくくらいしかできない。効く薬もない。その難しい病に向かっていくことこそ、医者としての務めだ。いままでの医者は皆逃げていたにすぎない。実は私もそうだったのだ。お前さんの話を聞くうちになんとかしてやりたくなった」

月はさきほどよりずっと高くなって、鏡のような静かな江戸湾に映り込んでいる。宗順は独庵が自分の病に真っ向から立ち向かってくれることで心を開いたようだ。ようやく自分のことを語り出した。

「江戸に出て、しばらくすると、いろいろな嫌がらせを受けるようになりました」

「古い流派の連中は、それほど新しい絵の技法を嫌うものなのか」

あきれたように言った。

「そうなのでございます。絵師の世は狭いもので、自分たちが学んできた技法を守り通すことがまず大切にされます。私のように古いものを壊し、新しいものを作り出そうとする絵師を非常にいやがる連中がいるのです」

「そんなものなのか、もっと自由闊達《かったつ》でいいように思うが」

「土佐派と呼ばれる絵師は権威的で、伝統を否定する連中は許さないのです」

「なんと馬鹿げたことだ」

「ひどいもんです。ある時、その土佐派の連中があっしのところに押しかけて来たんですが、そこから先がまったく思い出せないのです」

「覚えがないのか」

「へい。気がついた時には隣で女房が死んでいたんです」

平然として宗順が言った。

「なんだと、お前さんの女房は殺されたのか。久米吉にも黙っていたというのか」

「それもはっきりしないんです」

「わからん話だな。土佐派の連中がおしかけてきて、そこから先の覚えがなくて、気がつけば女房が死んでいたとな」

「へい、さようでございます」

「奉行所には訴え出なかったのか」

「もちろん言いましたが、まったく相手にされず、病死ということで終わりました」

「なんとそうだったか。しかし、お前さんがだいぶ自分のことを話してくれたので、少しは様子がわかってきたぞ」

「私も話をしたことで、だいぶ気持ちが楽になりました」

「それはよかったが、お前さんの妄想の謎が解けたわけではないからな。まあよい、今宵《こよい》はここで酒を飲め」

「まったくもったいない話でございます」

不調法な独庵は、団子を食いながら、宗順がうまそうに酒を飲む姿を見ているだけだった。

6

独庵が中庭で木刀を振っていると、久米吉が来て、

「先生、お話ししたいことが」

静かに言った。

「そうか、少し待て」

独庵はそう言って素振りをしばらく続け、額から汗が飛び散るようになってようやく木刀を置いた。縁側に腰掛けると額の汗を拭いた。

「剣術は一日休めば、二日鍛錬しなかったことになる」

「あっしなんか絵をたまにしか描かねえから、どんどん下手になっちまいますね」

久米吉が珍しく笑ってみせた。

独庵はすずが持ってきたむぎ湯を一口飲むと、廊下に上がり、控え室に入った。

久米吉も静かに入ってきた。

「宗順の言っていた土佐派の中に盗賊になったのがいるようです」

久米吉の絵師仲間のつながりは想像以上に広がっている。一日もあれば、江戸市内の絵師の動きなど細大漏らさず耳に入ってくる。

「盗賊とはなんだ」

「絵師ですから、前に申し上げたとおり、人の家に入るのは簡単です。日中、家の間取りやら、金のあり場所を調《か》べておいて、夜になって仲間と盗みに入るというわけです」

「絵師はあくまで隠れ蓑《みの》というわけだな」

「まったく、絵師の風上《かざかみ》にもおけねえ連中です」

そんな話をしだして、しばらくしてからだった。廊下で大声がした。

独庵と久米吉が廊下に出ると向こうから、宗順が眉をつり上げ、口をかっと開けて走ってくる。

「宗順、どうしたんだ」

久米吉が止めようとするが、宗順は独庵に向かってくる。

「宗順さん、しっかりしろ」

独庵が言うが、まったく聞こえないようで、目がつり上がったまま、近づいてくる。

「お前が殺したのか」

そう叫んで、独庵を押し倒そうとする。独庵はすーっと身をかわすと、足をかけた。宗順は勢い余って、廊下に転がった。独庵が極めた馬庭念流《まにわねんりゅう》は元来護身術である。武器を持たずとも相手が素人であれば、身のこなしで十分応ずることができた。

独庵はここで宗順を叱って、追い詰めてはいけないことを、宗順との対話から学び始めていた。気の病は、治療者の世界の見え方で判断しては、どうすることもできないのだ。それより大事なことは宗順の気持ちに寄り添うことだとわかってきた。

「宗順さん、お前さんの気持ちはわかる。いま何が見えるのだ」

独庵は膝をつき、宗順に顔を近づけた。床に転がったままの宗順は頭をゆっくり上げた。

「闇だ。闇の中の光だ」

「それはどこのことだ」

「だから、闇だ」

「宗順さん、落ち着いて周りを見回すのだ、見えるものをもう一度言ってくれ」

宗順は目を閉じ、考えているようだった。

「闇の中に四角い光が見える」

「だれかいるのか」

「だれかいる」

宗順はそう言って、廊下の奥のほうを見た。

「人がいる。刀を持った浪人がいる」

そう叫ぶと、急に起き上がって廊下の奥へ走って行く。

「宗順さん」

物音を聞きつけて駆けつけた市蔵が驚いて制するが、独庵はそれを止めた。

「いいのだ。宗順さんには見えている。やらせておけ」

全力で走っていった宗順は、壁に体当たりをして、再び転げて頭をぶつけたのだろうか、倒れたまま動かなくなった。

独庵は近寄って、からだの様子を見たが大きな怪我《けが》はなさそうである。大きな寝息を立てて眠り込んでいる。

「先生、これは」

市蔵が初めてみる患者の症状だった。

「妄想が起きて、しばらくすると眠ってしまうようだ。これはこの間も起きたことだ。この病の特徴かもしれん」

「宗順さんには何かが見えているようですね」

「そうだな。それが何であるかわかれば、この病も治せるかもしれん」

独庵は眠り続ける宗順の顔を見ながら言った。

7

宗順は眠りから覚めると、何もなかったかのように起き上がった。そのまま、自分の部屋に戻ると行灯《あんどん》に火を入れた。

宵《よい》五つ（八時）を過ぎていたが、岩絵の具を溶いて、色を作ると大きな絵絹に筆を走らせ始めた。

何を見るわけでもなく、時折、額に手をやり考え込むが、すぐ筆は走り出す。あれほどためらって描けなかったのに、嘘《うそ》のように描き進んで行く。まさに何かに取り憑かれたかのように、自分の世界に入っていた。

そこには宗順が叫んでいた闇が描かれている。その中に四角い窓のようなものがあり、そこから光が漏《も》れていた。その闇はなぜか周囲が緑の草むらのようであった。そこまで一気に描き上げると筆がピタリと止まった。

宗順は大きく肩で息をして、その絵をじっと眺め始めた。

宗順が自分の絵を眺めているところに、独庵と市蔵がやってきた。

「落ち着いたか」

独庵はそれだけ訊いた。

宗順はだまって頷く。

独庵は緑の中にうっすらと浮かぶ闇、その中の四角い光を、じっと眺めて、その意味を考えていた。

「これは写生をもとにした絵ではないな」

「さようでございます」

宗順はぽつりと答えた。

「先生、どうして、そう思うのでしょうか」

市蔵は不思議そうに訊いた。

「宗順さんの絵はとにかく細かく描かれている。しかし、これはいままでにない絵だ。宗順さんはごまかさず見たものを描く。それを学んできたから、普段の絵ならもっとしっかりとした線で描かれるはずだ」

「なるほど」

市蔵は頷く。

「自分で何を描いたのかわからないのか」

独庵はさきほどの妄想状態のことは何も言わなかった。

「へい、これは私の頭の中に浮かんできたものを描いたんです。これがなんであるかわかれば、私も病が治るんじゃないかと思っています」

独庵は腕組みをしたまま考え込んだ。

久米吉が部屋に入ってきて、絵をのぞき込んだ。

「そうか」

久米吉が呟《つぶや》いた。

「どうした、何かわかったか」

独庵が久米吉の表情の変化に気がつく。

「この闇のところですが、屋根のように見えませんかね」

「それがどうした」

「こりゃ土蔵じゃないですかね。屋根のすぐ下の壁に盛り上がって見えているのは鏝《こて》絵《え》でねえですかね」

「鏝絵とは左官が土蔵の壁にいろいろな絵柄を漆喰《しっくい》で作るものだな」

独庵が言った。

「そうです。ただの闇の絵に見えますが、このような鏝絵がある土蔵は、この近辺じゃあ、千住《せんじゅ》あたりにあるもんです。あっしは、絵の勉強のために、あのあたりで絵を描いていたことがあるんでさあ。絵師ならよく知っているところです」

久米吉のこういった記憶は絵師らしく非常に鮮明だった。これも久米吉の天稟というものだと独庵は以前から思っていた。

「どうだ、宗順さん。何か覚えていないか」

「土蔵ですか、わかりません。私には闇にしか思えないんで」

「そうか、まあいい。焦ることはない」

独庵たちは、宗順の部屋から出ていく。

廊下に出た久米吉は、

「宗順は本当に知らないんですかね」

疑っているようだった。

「知っているのに、知らないと言っているというのか」

独庵が久米吉に答えた。

「いやね、人の覚えは曖昧というのはわかっております。しかし、宗順の見る力は絵師の仲間同士でも驚くばかりです。一度見た絵は詳細なところまで覚えているんです」

「例えばどんなことがある」

「有名な絵を寺などに見に行くとするでしょう。その絵を一度見て、帰ってくると、まったく同じように描けるんでさあ。そんな絵師見たことがありません」

「なるほど、特別な目を持っているのだな」

「だから、おかしいんでさ。あんなぼんやりした絵を描く宗順は見たことがねえ」

久米吉には納得がいかないようだった。

「しかし、宗順さんが嘘をつくような男でないことは、うちに来てからの振る舞いで十分にわかっている。だからあのぼんやりした絵にしなければいけない、別のわけがあるんじゃないのか」

「なるほど。関わりがあるかわかりませんが、そういえば宗順の女房の話がでてきません。嫁をもらったという噂を聞いたことがあるんですが、それ以来、どうなっているのか、宗順は女房のことなどまったく話しませんから」

「そうか、あの絵と同じように言えないわけがあるのかもしれんな。久米吉、宗順さんの女房のことをもっと調べてみてくれ」

独庵は宗順の女房が死んだことは黙っていた。その話が妄想であるかもしれないので、久米吉には先入観なしに調べてもらいたかった。

「やってみます」

宗順の持つ闇の部分に少し近づいたように思った。独庵はあごひげをなでていた。

8

独庵は『浮き雲』に来ていた。

『浮き雲』は浅草諏訪町の診療所から北へ少し行くと、大川沿いにある小料理屋だ。思案に行き詰まり、一人夕飯を食べに来ていた。

「先生、浮かない顔ですな」

主人の善六は思ったままを言ってくる。

「まあ、こういう時もあるものだ」

「そりゃそうでしょう。いくら江戸の大先生でも、なんでも解決して、すぐに治してしまうなんて、そうは問屋が卸さねえ」

客がいないのか、善六が独庵の前に座っていた。

「小春、焼いた秋刀魚《さんま》を持って来い」

「はーい」

厨で看板娘の声がした。

「房総《ぼうそう》の辺りでも刺し網漁をするようになって、秋刀魚が捕れるようになったんでさ。昔は秋刀魚など馬鹿にしていて、行灯の油にしかしなかったんだが、秋刀魚の味のよさがわかってくると、秋には秋刀魚ということになったんで」

「魚も時によって、値打ちが変わっていくもんだな」

「人とは勝手なもんで」

小春が焼いた秋刀魚を運んできた。

「うまそうだな」

「うまそうじゃなくて、うまいんです」

「これは大根おろしじゃなくて茗荷《みようが》じゃないか」

独庵は不思議そうに箸でつまんで眺める。

「少し遅いんですが、まだ花茗荷が採れるんでさあ」

善六は独庵に少しでも珍しいものを食べさせようとする。

「茗荷は『本草綱目《ほんぞうこうもく》』によれば、食べ過ぎると、智を少くし心気を傷つけるとあったな」

「なんです、それは」

「はは、まあ、茗荷を食うと惚《ほう》けるということだ」

「本当ですかい、先生」

「いや、全くの嘘だ。大昔の本だから、まあ嘘も多いのだ」

独庵はそう答えながら、宗順の記憶のことが気になった。

あれだけ、絵に関して記憶がいい男が、なぜあんなに曖昧な絵を描いたのか。何か記憶を妨げるものがあるに違いない。

「先生、食わないんですかい」

善六が冷めると言いたそうだった。

「すまん、すまん」

独庵は秋刀魚を食べ始めた。

「うまいなあ」

一言言うと、小春が艶然と頬笑んで、厨に戻っていく。

独庵の箸が止まった。宗順の記憶のことが気になっていた。

9

独庵が真剣な顔で考え込んでいる。久米吉は調べてきた話をしている。

中庭から見える秋空は抜けるような青さだが、二人の表情はその青さとは対照的に、曇ったままだ。

「そうか、千住にその土蔵があるのだな」

沈黙していた独庵が切り出す。

「土蔵に鏝絵があるのは、このあたりじゃ、やはり、千住しかねえです」

「宗順さんはそこに住んだことがあるのか」

「いやそんな話は聞いたことがねえです。奴《やっこ》さんは、京からやってきて佃島のほうにいたはずですから」

「となると、なぜ、千住にいたかだな」

「まったく思いもつかねえ」

「とにかく三人一緒に行ってみるしかないだろう」

「へい。喜んでお供します。所は覚えていますから」

独庵は想像ではなく、とにかく自分の目で確かめたかった。そうすることで、新しい考えも沸いてくるものだとわかっていたのだ。


久米吉はさっそく宗順がいる部屋に行った。

「どうだ、絵のほうは」

うつむき加減に、宗順は絵を描いている。久米吉が呼んでも、返事をしない。

「どうした」

声を荒らげて久米吉が言うと、その言葉に宗順は驚いたように、顔を上げた。そこにはいつもの宗順からは想像できない、般若《はんにゃ》のような顔があった。

「なんだ」

宗順はそう言うと、急に立ち上がった。

あまりに急なことで、久米吉は思わず後ずさりした。その間を詰めるように、宗順は鉄筆を手に、久米吉を襲ってきた。

よける間がない。久米吉は一瞬ひるんだ。しかし、すぐに宗順の手首を握って、そのまま床に押さえつけた。

「しっかりしろ宗順。俺だ、久米吉だ」

「だれだ、お前は」

宗順はからだをねじって久米吉から逃れようとするが、久米吉が腕をひねって押さえ込んでいるので、動けない。しばらくすると、宗順の顔が元に戻り、動かなくなった。

久米吉が力を緩めると、宗順はゆっくり起き上がって、両手で顔を叩いた。

「俺はどうしたんだ」

宗順は自分の振る舞いの記憶がないようだった。

「いや、お前が俺を別な男と勘違いしただけさ」

久米吉がほっとしたように言った。

「用事があって来た。お前が描いた闇の絵は、おれが思うに千住にある土蔵に似ている。一度、独庵先生と見に行ってみないか。見れば何かを思い出すかもしれない」

「あの闇はあくまで闇だから、そんな土蔵など関わりないだろう」

宗順は納得しないようだった。

「まあ、そうかもしれないが、外に出て絵を描くつもりでもいい」

「そうか、それなら付き合うかな」

宗順はしぶしぶ返事をした。

「よし、すぐにでかける準備をしてくれ」

「いまからか。じゃ、少し待ってくれ」

「ああ、ゆっくりやってくれ」

急な話だったが、久米吉は急《せ》かさないように気遣った。

宗順は絵筆を持ち運び用の箱にしまい始めた。それを見て、久米吉は独庵のところに戻った。

「どうした、遅かったな」

「いえ、なんでもありません。宗順が支度をしてますので……」

「そうか、ではそろりとでかけるか」

独庵はすずを呼んで握り飯を作らせた。すずはてきぱきと握り飯を作り、竹皮で包んで久米吉に渡した。


千住大橋を目指して、三人は歩き出した。浅草寺の裏にでて、北に歩いて半刻ほどすると、千住大橋にたどり着いた。

千住大橋は隅田川《すみだがわ》を日光《にっこう》街道が渡る橋だ。

「この橋の檜《ひのき》は仙台藩の政宗《まさむね》公が供出したものだ」

い。


独庵が久米吉に説明した。

「そうなんですか。たいしたもんだ」

千住大橋を渡って、千住宿を抜けて、日光街道を少しいくと、周囲は田んぼしかな

その田んぼの中に古びた家があり、隣に壊れかけた土蔵があった。

「あれですね。かなり前ですが、絵にしたことはしっかり覚えています。絵師は一度描いたものは忘れることはねえですから」

久米吉は懐かしそうに眺めた。

「たしかに霧に包まれれば、宗順さんの絵と同じかもしれん」

独庵が言うが、宗順は黙って見ている。

三人は土蔵に近寄った。漆喰壁は崩れかけている。屋根の瓦も何枚か落ちている。

それでも鏝絵は残っていた。

「使ってないようだな」

独庵は土蔵の壊れかけた扉を開けた。

暗闇の中に、僅かな光が、上にある四角い小窓から入ってきている。

「確かにこの光は宗順さんが描いていたものに似ている。どうだ宗順さん、何か思い

出したか」

宗順は無言のまま、中に入っていく。しばらくすると、目が慣れてきたのか暗闇の中に筵《むしろ》が敷いてあるのが見えてきた。

宗順は崩れ落ちるように筵の上に座った。

「ここです。私がいたのはここだ」

そう言って、がっくり肩を落とし、うつむいたまま動かなくなった。

独庵が尋ねるが、宗順は微動だにしない。

「どういうことだ」

「どうしたんだ、宗順」

久米吉も呼ぶが返事はない。

突然、宗順が立ち上がり、久米吉に殴りかかってきた。

「お前が女房を殺したんだな」

狭い土蔵の中で叫び声が響いた。

久米吉はひらりと身をかわした。宗順はそのまま壁にぶつかり、ぼこっと鈍い音がした。頭をぶつけたのだろう。それでも薄明かりの中で亡霊のように立ち上がった宗順が、こんどは独庵に向かってくる。

独庵は宗順の腕を摑《つか》むと、ねじって床に押さえつけた。

「宗順さん、しっかりしろ、私だ、独庵だ」

「お前たちが女房を殺したんだ」

「お前さんの女房はここで殺されたのか」

独庵が落ち着かせるように、ゆっくり言った。

「お前らが殺《や》っておいて、何をいいやがる」

宗順は全身に力を入れて抗《あらが》おうとするが、独庵の膂力《りょりょく》には太刀打ちできない。次第に宗順は気が遠のいていくようだった。妄想が見えたあとのいつもの眠りに落ちた。

独庵は宗順をそのまま筵の上に寝かせてやった。久米吉は宗順が気がつくのを静かに待った。

「宗順は女房をここで殺されたんでしょうか」

「実は宗順さんの女房が死んだことは、聞いていたのだ。しかし、妄想やまったくの作り話かもしれんと思い、久米吉には言わなかった。さて、ここに連れてきたことは果たしてよかったのか」

独庵は迷っていた。

「いままで聞けなかった女房のことがわかりそうなので、よかったと思いますが」

久米吉にはむしろ宗順の謎が解けてきたように思えた。

暗闇の中で沈黙が続いたが、四角い小窓からの光が宗順の顔にあたり、宗順が手で顔を覆ってまぶしそうにしたかと思うと、やおら起き上がった。

「気がついたか」

独庵が宗順を見た。顔はどこか憎めないような優しい顔になっていた。

「何か、私がやったのでしょうか」

「覚えていないだろうが、それはそれでいい。『月の岬』で言っていたように、本当にお前の女房はここで殺されたのか」

独庵が確かめるように言った。宗順は大きく溜息《ためいき》をつき、重い口を開いた。

「そうです。思い出すのが怖かったんです。私が殺したようなもんですから」

「ここに軟禁されたのではないか」

「土佐派の盗賊絵師と言われる連中に、あっしは狙われたんです。京で習ってきたあたらしい画法で絵を描くことが、頭の古い盗賊絵師たちには気に入らなかったようで、この土蔵に数日閉じ込められたんです。女房も一緒でした」

「そんなことがあったのか」

「女房は労咳《ろうがい》にかかっていて、動くのも大変だったんです。それなのに、こんなところに閉じ込められて、ろくに飯や水もない日が何日か続きました。私はそれくらいでは平気なんですが、女房は弱ってましたから、そのまま死んじまったんです」

「そうだったか」

独庵は宗順の無念を感じとった。

「いえ、私が新しい絵など描かねば、こんなことにならなかったはずです。女房に申し訳ない」

「奉行所には訴え出たと言ったな」

「労咳があれば、そんなものは病死と片付けられてしまう」

「そうだったな。しかし、その盗賊たちはなんのためにお前さんたちをここに閉じ込めたのだ」

独庵は納得がいかない。

「私を脅して、二度と新しい技法の絵を描かせないようにしたかったんでしょう。奴らに私を殺すような度胸はない。女房も一緒に脅せば、言うことを聞くと思ったんですよ。絵師ってのは、それくらい他の絵を憎むものなんです」

「それが自分たちの権威を保つ方法と思っているのだな」

「もちろん、土佐派のまっとうな絵師たちは、そこまでは考えないでしょうが、道を踏みはずしちまった連中は何をやりだすかわかりません。奴らが盗みをやっていることも知っていましたから、その口封じのつもりもあったのかもしれません」

「盗賊絵師とはな、絵師の風上にもおけねえ」

久米吉が吐き出すように言った。

「このまま、黙って見逃すわけにはいかんな」

そう言いながら、独庵はすくっと立ち上がった。

「先生、連中をなんとかしねえと」

「そうだな、久米吉。宗順さん、お前さんはここで軟禁されたことと、女房の死を頭から消し去ろうとして、心に重い蓋をかぶせていたのだ。それがあの絵であり、妄想の原因だったのだろう。ここから先は私にまかせておけ。その盗賊絵師はどこにいるか、知っているか」

宗順に聞いた。

「連中は押上《おしあげ》の春慶寺《しゅんけいじ》の境内にいつも集まっているはずです」

「そうか、わかった」

独庵の腹は決まった。久米吉と一緒に土蔵の外に出て、

「一度、診療所に戻るぞ」

そう言うと先を歩き始めた。宗順と久米吉は慌ててあとを追った。

10

独庵と久米吉が春慶寺に着いたのは、宵の五つ（八時）を過ぎていた。遅いほうが、連中が集まっていると思ったからだ。

奉行所には市蔵が走って、ここの場所を伝えに行った。

鈴虫が鳴いている。春慶寺の境内に、数名の浪人風の男たちが集まっている。煙管《きせる》で煙草《たばこ》を吸っている男もいた。

とても絵師とは思えない風体である。絵師と名乗ってはいるが、人の家に入り込む手段として、やっているだけなのかもしれない。

そんな連中が宗順の絵に文句をつけるとは不思議な気がした。しかし、よく見れば足下に和紙のようなものが丸めてあり、絵が描かれているのかもしれなかった。

独庵たちは灯籠《とうろう》の陰に隠れて、様子を見ることにした。しばらくすると、男が二人小走りにやってきて、

「今日はこんなところだ」

そう言うと、懐から金を出して、他の連中に見せている。

「五両とはたいしたもんだ。まあ井草屋《いぐさ》は大店でしこたま稼いでいるから、これくらいはもらっても文句は言うまい」

煙管を使っていた男が、煙をくゆらせながら言った。

「まったくだ。おれたちはあくまで絵師だ。絵を描いて、娘たちには喜んでもらっているんだから、つべこべ言われる筋合いはない」

走ってきた男はまだ息を切らしている。

「これで全員そろったから、飯でも食いに行くか」

「この田舎にどこか店など開いているか」

「そうよな。じゃあ、お前の女房に飯でも作らせろ」

「女郎上がりの女房が得意なのは、飯ではなく、あっちのほうだろうよ」

それを聞いて他の男たちが大声で笑った。

独庵は男たちが五人であることを確かめた。

久米吉に目配せした。

久米吉が持っていた刀を差し出す。

独庵はそれを受け取ると、灯籠の陰から男たちの中にゆっくり出て行く。

「なんでえ、おめえは」

驚いたように、背の高い男が言った。

「絵でも習いたいのか」

煙管をくわえた男が言う。

「おれに習うと高いぞ」

別な男が言った。

「絵のひとつも習いたいところだが、もう少しましな絵師でないとな」

独庵は周囲に気を配りながら近づいていく。

「なんだと。俺たちをだれだと思っているんだ。江戸じゃあ、ちったあ知られた土佐派の絵師だぞ」

「そうかそうか。それは悪いことをしたな。しかし、絵師だけではなく盗人《ぬすっと》もしているのではないか」

独庵がそう言うと、男たちが急に警戒をし始めた。近づいてくる独庵を取り囲もうとする。

「お前は何者だ」

「さあて、どのみち、他人の女房まで殺しては、ただではすまんだろうな」

独庵はひるむことなく、男たちの真ん中に立った。

「この野郎言わせておけば……、やっちまえ」

背の高い男が大声を出した。一人の浪人がいつの間にか刀を抜いて青眼に構えた。

「ほう、やるのか」

と、独庵が言い、じっと男をにらみつけた。ただならぬ独庵の眼力に驚き、浪人が一歩下がった。

独庵はゆっくり刀を抜いた。

浪人たちが一斉に後ろに下がる。間合いをはずして、独庵を取り囲んでいる。

青眼の浪人が斬り込んできた。

一撃でその刀を撥《は》ね飛ばした。宙に刀が浮いている間に、他の浪人が円陣をすぼめてきた。独庵は刀で円を描くように、一周させた。

あまりの早さで、刃風だけしか聞こえなかった。

男たちに反撃する余裕はなかった。

「うっ」といううめき声がしたかと思うと、ばたばたと倒れる音がして、最後に宙を舞っていた刀が煙草を吸っていた男の頭に突き刺さった。

境内に静けさが戻り、鈴虫の声だけが聞こえてくる。

「もう一度絵を学び直すのだな、地獄で」

独庵はそう言い放った。

遠くから足音が聞こえてくる。奉行所から来た役人たちだろう。

「この男たちの残した娘の絵柄を見れば、盗賊絵師だとわかるはずだ」

「下手な絵でも証拠にはなりやすね」

久米吉はこれで宗順の敵《かたき》がとれたと思った。

独庵は刀を久米吉に預けると、診療所に向かって歩き出した。

11

独庵のところに宗順が住み始めてひと月が経《た》った。

宗順の妄想は、土蔵に行った日から全く出なくなった。

その間に絵ができあがった。屛風《びょうぶ》に描かれた絵だった。大川の土手のすすきの中で、自由に遊び回る犬が描かれていた。それは応挙の犬の絵よりさらに、自由で躍動的に見えた。

よくみると、その犬はあかだった。

独庵はその絵を眺めて、

「いつの間にあかを連れ出したのだ」

感心しながら絵を眺めている。

「応挙先生の教えは、まずは写生です。あかを連れ出して土手に行ったところ、あかが急に元気に走り出しました。その自由な姿がなんともよかったのです」

宗順はうれしそうに言った。

「なるほど、あかもたまには外で大暴れしたかったのだな。いつも私と家の中ばかりにいると、犬であることを忘れてしまうのかもしれない」

独庵は頷いていた。

「あっしの絵とは大分違いまさあ。こんなに本物より本物っぽく描けるのは江戸の絵師でも、宗順しかいないだろうな」

久米吉がうなるように言った。

「それにしても先生、私の妄想を初めはどうお考えだったのでしょうか」

宗順は症状が消えたことが信じられないようだった。

「私も気の病の対処はどうすればいいのか、よくわかっていなかった。それもあって診療所に住んでもらったのだ」

「そうなんですか」

独庵があまりに正直に言うので、宗順が拍子抜けしたようにつぶやいた。

「妄想を否定してはいけないことは知っていたが、その先の対処はわかっていなかった。しかし、お前さんの普段の生活を見ていて次第にわかってきたのだ。妄想を単に否定せず、患者と一緒に悩み、向き合うことが大切なのだと気がついた。これはどんな病でも同じなのだ。まずは症状を受け入れることから始めるのが肝要だとな」

「そうだったんですか。だから私の妄想をむやみに問い詰めず、そのわけを探していたのですね」

「そうだ。お前さんの心が何かによって抑え込まれていることがわかってきたころから、次第に治す方法が見えてきたのだ」

「本当に久米吉さんにもお世話になりました」

「いやいや、お前は江戸一番の絵師としてまだまだやらねばならないことがあるから、頑張ってくれや」

久米吉は宗順の才能に心底惚《ほ》れていた。

宗順が診療所を出て行ったあと、独庵たちは佃島にある宗順の女房の墓参りをした。普段から自分が長く診ていた患者が死ぬと、独庵は墓参りするようにしていた。しかし、宗順の女房の墓参りは意味が違っていた。気の病の治し方を教えてもらった感謝の気持ちを示したかったのだ。

診療所に戻ってくる途中、あかが大川の堤に出て待っていた。

あかは独庵の顔を見ると、尾をちぎれんばかりに振って、走ってくる。独庵があかを捉えようとすると、その手からすり抜けて、あかはうれしそうにすすきの中を走って行く。

秋のまぶしい日差しを浴びて、すすきは宗順が描いたあの金色に輝いていた。

小学館文庫
好評既刊

万葉集歌解き譚 くさまくら

篠 綾子

ISBN978-4-09-407020-0

万葉集ゆかりの地、伊香保温泉への旅は、しづ子と母親の八重、手代の庄助に小僧の助松、それに女中のおせいの総勢五人。護衛役は陰陽師の末裔・葛木多陽人だ。無事到着した一行だったが、多陽人が別行動を願い出た。道中でなにか気になったものがあるらしい。しかし、約束の日時が過ぎても戻ってくる気配がない。八重の命で捜索に向かった庄助と助松の胸に、国境の藤ノ木の渡しの流れで目にした人形祓いが重くのしかかる。この烏川の上流になにかあるにちがいない。勇を鼓して川を遡り始めた二人が霞の中に見たものは——。「万葉集歌解き譚」シリーズ最新刊。

小学館文庫
好評既刊

勘定侍 柳生真剣勝負〈四〉
洞察

上田秀人

ISBN978-4-09-407046-0

女中にして見張り役の伊賀忍・佐夜を傍に、柳生家勘定方の淡海《おうみ》一夜《かずや》は、愚痴りながら算盤《そろばん》を弾いていた。柳生家が旗本から大名となったお披露目に、お歴々を招かねばならぬのだ。手抜かりがあれば、弱みを握られてしまう宴席に、一夜は知略と人脈を駆使する。一方、柳生家改易を企み、一夜を取り込まんとしたが、失敗に終わった惣目付の秋山修《あきやましゅ》理亮《りのすけ》は、ある噂を耳にし、再び甲賀組与力組頭の望月土佐を呼び出す。さらに柳生の郷では、三代将軍家光が寵愛する友矩《とものり》に、老中・堀田加賀守《かがのかみ》が送り込んだ忍の魔手が迫る！　一夜の策は功を奏すのか？　間一髪の第四弾！

小学館文庫
好評既刊

突きの鬼一 饗宴《きょうえん》

鈴木英治

ISBN978-4-09-407037-8

お家騒動で殺された桜香院の四十九日法要は御成道沿いの天栄寺で行われた。葉桜に目をやり、母の思い出に浸るかとみえた一郎太が場所柄もわきまえず、博打場に行くぞ、と言い出した。呆れ果てて絶句する神酒藍蔵と興梠弥佑。博打には勝ったが、好事魔多し。大川を舟で戻る途中、四艘の猪牙舟に襲われる屋形船に遭遇する。火矢が放たれ、炎に包まれた屋形船に飛び移った一郎太が目にしたのは、幕府の要人と思しき二人の人物。しかも、その一人には見覚えがあった。江戸を舞台に一郎太の新たなる人生が始まる！　累計22万部、好評書き下ろし痛快時代小説第７弾！

さんばん侍
利と仁

杉山大二郎

ISBN978-4-09-406886-3

二十四歳の鈴木颯馬《そうま》は、元は町人の子。幼くして父を亡くし、母とふたりの貧乏暮らしが長かった。縁あって、手習い所で働くうち、大器の片鱗《へんりん》を見せはじめた颯馬だが、十五歳の時に母も病で亡くし、天涯孤独の身となってしまう。が、捨てる神あれば拾う神あり。ひょんなことから、田中藩江戸屋敷に勤める鈴木武治郎に才を買われ、めでたく養子に。だが、勘定方に出仕したのも束の間、田中藩領を我が物にせんとする老中格の田沼意次《おきつぐ》と戦うことに。藩を救うべく、訳ありで、酒問屋麒麟《きりん》屋の番頭となった颯馬に立ち塞《ふさ》がる壁、また壁！　江戸の剣客商い娯楽小説第一弾！

小学館文庫
好評既刊

春風同心十手日記〈一〉

佐々木裕一

ISBN978-4-09-406843-6

定町廻り同心の夏木慎吾が殺しのあったという深川の長屋に出張ってみると、包丁で心臓を刺されたままの竹三が土間で冷たくなっていた。近くに女物の匂い袋が落ちていたところを見ると、一月前に家を出ていった女房おくにの仕業らしい。竹三は酒癖が悪く、毎晩飲んでは、暴力をふるっていたらしいのだ。岡っ引きの五六蔵や女医の華山らに助けを借りて探索をはじめた慎吾だったが、すぐに手詰まってしまい……。頭を抱えて帰宅した慎吾の前に、なんと北町奉行の榊原忠之が現れた⁉　しかも、娘の静香まで連れているのは、一体なぜ？　王道の捕物帳、シリーズ第１弾！

―――本書のプロフィール―――

本書は、小学館のために書き下ろされた作品です。

小学館文庫

看取《みと》り医《い》 独庵《どくあん》　漆黒坂《しっこくざか》

著者　根津《ねづ》 潤《じゅん》 太郎《たろう》

二〇二一年十月十一日　初版第一刷発行

発行人　飯田昌宏
発行所　株式会社 小学館
〒一〇一-八〇〇一
東京都千代田区一ツ橋二-三-一
電話　編集〇三-三二三〇-五九五九
　　　販売〇三-五二八一-三五五五
印刷所――中央精版印刷株式会社

ISBN978-4-09-407072-9